GÉRALDINE

Géraldine Dalban-Moreynas a débuté sa carrière comme journaliste, avant de prendre la tête de la communication du ministère de la Cohésion sociale et de la Parité en 2006. En 2008, elle fonde son agence de communication et de relations presse, qu'elle ferme en 2018 pour se lancer dans une nouvelle aventure : la décoration. Elle crée M.conceptstore, belle aventure entre Paris et Marrakech, et ouvre une boutique à Montmartre. Elle publie sur son fil Instagram @geraldinefromlabutte des chroniques de vie quotidienne aujourd'hui suivies par des dizaines de milliers de personnes. *On ne meurt pas d'amour* (Plon, 2019) est son premier roman et a remporté le prix du Premier roman en 2019.

ON NE MEURT PAS D'AMOUR

GÉRALDINE
DALBAN-MOREYNAS

ON NE MEURT PAS
D'AMOUR

ROMAN

PLON

Pocket, une marque d'Univers Poche,
est un éditeur qui s'engage pour la préservation
de l'environnement et qui utilise du papier fabriqué
à partir de bois provenant de forêts gérées
de manière responsable.

© Éditions Plon, un département de Place des Éditeurs, 2019
ISBN : 978-2-266-30812-0
Dépôt légal : septembre 2020

À Milo.
Parce que si je ne devais t'apprendre qu'une seule chose,
ce serait que rien n'est plus beau que d'aimer.

1.

Il est 18 heures. Elle n'a rien.

Elle se demande si c'est tout à fait normal de passer autant de temps à chercher un cadeau pour la crémaillère de gens que l'on connaît à peine.

Ils sont allés au Conran Shop, au Bon Marché. Ils ont arpenté tous les magasins de Saint-Germain-des-Prés. On est à quelques semaines de Noël, il y a un monde fou partout. La France a déjà l'esprit envahi par les paquets qu'elle déposera un prochain matin au pied du sapin. Des amis de province sont montés passer le week-end à Paris. Tout va bien.

Il y a quelques semaines à peine, son homme l'a demandée en mariage à New York, au cœur de cette ville pour laquelle elle a toujours eu une tendresse particulière. Il a fait les choses bien, réveil à 6 heures du matin, taxi pour Roissy, suite dans un hôtel de Manhattan. En haut de l'Empire State Building, il a sorti un diamant de sa poche. Tout était parfait. Comme d'habitude. Il n'est pas du genre à faire les choses à moitié.

Elle a dit oui.

Depuis, l'histoire faisait son effet dans les dîners.

Elle n'a toujours pas trouvé.

Elle craque sur un cendrier. Elle se dit que c'est complètement con d'offrir un cendrier à des gens qui ne fument pas. Elle flashe sur une lampe. Elle se dit que c'est totalement absurde d'offrir une lampe aussi chère à des gens que l'on ne connaît pas.

« Écoute, on apporte un bouquet de fleurs et une bouteille de champagne, et ça ira très bien. »

Il perd patience. Lui, l'homme parfait, jamais un mot plus haut que l'autre, ne comprend pas. En même temps, comment pourrait-il comprendre ? Même elle, ce jour-là, ne comprend pas. Ce n'est jamais que la crémaillère des voisins du deuxième du bâtiment B.

Elle retourne au Bon Marché. Le rayon des cadeaux de Noël ressemble au périphérique aux heures de pointe. Elle se décide pour une boîte en métal remplie de petits bouts de papier qu'elle a vaguement repérée. Il faut en lire un chaque jour. Un truc pour bobos branchés des Batignolles qui aiment dépenser leur fric dans des trucs qui ne servent à rien. Un truc qui peut lui faire penser à elle chaque matin. Déjà.

Nous sommes courant novembre.

2.

Ils ont emménagé depuis quelques mois dans un loft tout droit sorti d'un magazine de déco, le genre d'appart dont on se dit que les gens qui y vivent ont forcément beaucoup d'argent.

Ils ne sont pas riches. Ils ont acheté un entrepôt désaffecté à un Syrien un peu voyou qui gérait la réhabilitation de la copropriété. Il fallait une certaine imagination.

— Voilà, le local dont je vous ai parlé, on est donc sur un rez-de-chaussée sur cour, entre deux immeubles. Je vous avais prévenus, tout est à faire, mais il y a un vrai potentiel. La concierge s'en sert pour le moment comme local à poubelles, mais dans le nouveau règlement de copropriété, il est bien prévu que l'espace passe à usage d'habitation. Il y a deux caves attenantes reliées par cet escalier, venez, je vous montre, attention aux toiles d'araignée…

— Et le trou au milieu de la toiture, c'est normal ?

— Il devait y avoir une verrière dans le temps. Ils avaient juste mis de grandes bâches pour protéger de la pluie. 150 000 euros, c'est une affaire pour le quartier, j'ai beaucoup de gens intéressés, ne tardez pas trop à vous décider.

150 000 euros, 70 mètres carrés dévastés et deux caves à quelques minutes à pied de la mairie du 17ᵉ. Une affaire.

Ils ont signé.

Quelques jours plus tard, il s'envole pour Beyrouth. La guerre du Golfe vient de commencer. Elle commence à traîner chez Point P. Et à chercher des ouvriers.

Elle voit l'espace se transformer. Les caves deviennent des chambres, une grande verrière laisse entrer la lumière. Les murs s'ouvrent, les fenêtres atelier sont soudées. Deux grandes baies vitrées donnent sur la cour. D'immenses dalles de verre remplacent le plancher. Elle fait tomber le plafond, récupère les poutres d'acier jusqu'ici cachées. Elle pose un grand pot en terre dehors, y plante un olivier.

Lui rentre de temps en temps. Pour mieux repartir. Il se passe toujours quelque chose quelque part sur la Terre. Elle continue. Seule. Elle a quand même le temps de lui demander ce qu'il pense des robinets qu'elle a trouvés pour la salle de bains. S'il est d'accord pour qu'elle fasse la douche en carreaux de métro. Il est d'accord. Refait son sac. Repart.

Un jour, ils emménagent. En quelques mois, elle a fait de cet endroit un lieu où la vie ressemble à un coin d'Italie. Avec cette cour fleurie qui donne envie de s'arrêter boire un café le matin, un verre le soir. Enfin, elle imagine qu'en Italie c'est comme ça.

C'est à cette époque que ceux du deuxième viennent pour la première fois. Elle ne s'en souvient plus très bien. Elle a vu passer sa femme, lui suit derrière avec la poussette. Leur fille ne marche pas encore. Ils ne s'arrêtent pas.

Elle n'aime pas les dimanches. Elle traîne toujours une certaine mélancolie. Son homme travaille. Au deuxième, une dizaine d'ouvriers s'activent. Elle entend les coups de marteau, la scie électrique, devine les dernières étagères qui doivent être en train d'être installées.

Elle voit les flics arriver. Il y a toujours des gens bien intentionnés. Un voisin excédé les a alertés. Ils viennent pour le bruit ; ils repartent avec dix travailleurs sans-papiers.

Elle veut le prévenir. Demande son numéro à la concierge. Leur ligne téléphonique a déjà été coupée. Ils ne vont plus tarder à s'installer.

La porte du porche s'ouvre. Elle voit sa silhouette se dessiner à contre-jour. Il s'avance. Elle le regarde. Il ne la lâche pas des yeux. Elle a l'impression que tout son être à l'intérieur d'elle-même est en train de s'effondrer. Il avance. Ne dit toujours rien. Elle se force à parler. Elle lui dit qu'elle cherchait à le joindre. Elle tient *Le Monde* dans ses mains. Il ne dit toujours rien. Sort un stylo de sa poche. Note son numéro de portable dans un coin du journal. Elle a les mains qui tremblent. Elle n'arrive pas à tenir le journal. Lui non plus.

Ils sont là, tous les deux au milieu de cette allée, avec les flics, les ouvriers, les gens, ils sont là, ils se regardent, ils sont tellement près l'un de l'autre qu'elle pourrait entendre son cœur battre. Ses yeux plongent dans les siens, le temps s'est arrêté ; des voisins arrivent, le temps reprend.

Elle ne bouge pas. Ils sont une dizaine maintenant. « C'est sûr qu'il faut aller au commissariat. » « Non mais de toute façon, c'est l'entreprise qui est responsable. » « Les travaux sont déclarés ? Bon, c'est à l'entrepreneur de se débrouiller alors. » « Oui, bien sûr, le dimanche, c'est pas terrible les travaux. » Il est désolé. Les voisins disent que ce n'est vraiment pas grave. « On ne va pas se fâcher pour si peu. » « Et sinon, c'est terminé ? – Oui. » Ils doivent emménager le week-end prochain.

Tout le monde parle. Elle est là, au milieu. Elle tient toujours le journal dans ses mains. Dans un coin, il y a un numéro de téléphone griffonné au stylo. Elle est brouillée. Embrouillée. Elle devine, inconsciemment. Mais elle ne saisit pas vraiment. Pas encore.

Il est reparti.
Le soir, elle a jeté *Le Monde*. Avant, elle a enregistré son numéro dans son téléphone. Comme si elle ne pouvait pas faire autrement. Il lui faudra longtemps avant de pouvoir s'expliquer pourquoi.

Nous sommes le 11 novembre.

3.

Elle ne sait pas quoi mettre. Les fringues s'amoncellent sur le lit. Elle finit avec un jean, une chemise blanche et des boots. Des boucles d'oreille glissent le long de son cou. Elle est fébrile. Elle regarde l'heure. Pour la centième fois. Les secondes ne s'écoulent pas. Un frisson la traverse. Elle est sûre qu'il l'attend. Parce qu'il l'attend. Elle le sait.

La musique s'échappe des fenêtres ouvertes du deuxième étage du bâtiment B. Ils montent avec leurs amis venus du Sud. Il leur ouvre la porte. Elle l'embrasse. Tend la boîte avec les bouts de papier dedans. Il la pose sans l'ouvrir.

Il la présente à ses amis, elle reste avec les siens, avec son mec. Il y a du monde comme dans une crémaillère. Il y a du bruit, de l'alcool, du mouvement, et il y a eux. La soirée passe, il la passe avec elle. Il se force à parler aux autres, à sa femme, à ses amis, il revient vers elle. Inlassablement. Croise et recroise son regard. Souvent. Trop souvent.

Ils parlent.

Il est tard. Il ne reste plus que quelques intimes. Elle sait qu'ils doivent partir, qu'ils n'ont plus rien à faire là. Elle pourrait pourtant rester jusqu'à ce que le soleil se lève.

— On y va ?

— Allez, c'est parti.

Ce soir-là, ils deviennent un peu plus que voisins. Ce soir-là, ils deviennent complices. Ils ne mettent sans doute pas encore de mots dessus. Ils ne veulent sans doute pas. Il vient d'emménager avec sa fille et sa femme. Elle est en train de préparer son mariage. Ils sentent le frisson fugace et l'effacent.

Plus tard, ils diront qu'ils savaient déjà. Mais sur le moment, ils ne sentent pas vraiment. Ils pressentent.

Elle descend se coucher avec son homme.

Nous sommes toujours en novembre.

4.

Les voisins du deuxième s'installent. Ils se croisent, discutent, s'invitent. Elle n'aime pas sa femme. Elle n'aime que lui. Il n'est pas complètement heureux. Elle aime sa fille. Elle a un an et demi. Les traits de sa mère. Il a rencontré sa femme à Montréal. Elle est américaine, elle devait repartir aux États-Unis après ses études. Elle est venue en France. Pour lui.

Ils parlent souvent dans l'allée. Il descend chaque fois qu'ils font une fête. Toujours seul.

Ce soir-là, il les a rejoints tard. Il est 3 heures du matin, peut-être plus. Il y a encore du monde.

Elle est seule. Son homme est quelque part à l'autre bout du monde. L'organisation du mariage piétine. Elle voudrait faire ça à Marrakech, lui dans la cour de l'immeuble.

— C'est snob un mariage à Marrakech. Je déteste les trucs snobs.

— Si t'aimes pas les trucs snobs, qu'est-ce que tu fous avec moi ?

— Tu es la seule chose snob que j'aime. En plus, c'est hors de prix. Tu ne vas pas demander aux gens de payer aussi cher pour venir à un mariage.

— J'ai négocié avec Nouvelles Frontières quatre jours trois nuits à moins de 350 euros.

— La tante Évelyne ne supporte pas l'avion, elle a peur, tu vas lui dire de venir à la nage ?

— Je me fous de la tante Évelyne, elle n'est pas invitée.

— Comment ça, elle n'est pas invitée ?

— On va pas faire un truc avec des membres de ta famille que je ne connais pas et que tu n'as pas vus depuis vingt ans. Franchement tu m'expliques l'intérêt de passer cette journée avec des gens dont tu te fous complètement ?

— Ça fait plaisir à ma mère.

— Ta mère n'a qu'à se remarier si elle veut faire plaisir à la tante Évelyne.

— OK, tu l'appelles et tu lui annonces que les familles ne sont pas invitées. Elle a déjà prévenu tout le monde pour qu'ils bloquent la date. Elle va adorer.

— D'où elle prévient tout le monde avant qu'on ait décidé qui on invitait ?

— Je te rappelle qu'on est censés se marier le 26 juin. Il est peut-être temps de prévenir les gens, non ?

Au fond, lui ne veut rien faire du tout. Lui voudrait un enfant d'elle. La chambre du bébé attend, elle a été prévue dans les plans.

Elle, elle trouve ça joli de se marier. Elle s'imagine en tailleur blanc Yves Saint Laurent, une brassée de roses dans les bras. Finalement, après plusieurs essayages avec sa mère et ses témoins, elle a trouvé une robe bustier blanche qui descend en jupon de princesse. Elle qui ne voulait pas montrer ses bras. Elle reconnaît que ça lui va très bien.

— Mais tu es trop belle, chérie.

— Maman, bien sûr que c'est joli, une robe, mais un tailleur Saint Laurent avec des escarpins Louboutin, ça a une allure folle.

— Mais tu ne vas pas te marier en pantalon, quand même !

Tant qu'à se marier, autant faire les choses dans les règles. Elle fait mettre la robe de côté, promet de revenir payer.

Elle ne sait pas encore qu'elle ne reviendra jamais.

26 juin. Il n'y a plus que le dossier de la mairie à remplir pour publier les bans. Il attend sous une pile de magazines sur la table du salon. Elle a dit un soir de colère que ça, elle ne s'en occuperait pas. Elle en a marre de s'occuper de tout pendant qu'il court le monde. Elle commence à peine à sentir qu'elle va tout envoyer valser.

Mais ce soir-là, elle est loin de tout ça, loin de son homme qui est loin d'elle… Elle est loin de tout, elle est soûle.

Elles ont trop bu. Elles se sont connues il y a plus de dix ans sur les bancs de Science Po. Elles passaient leurs nuits à danser et à embrasser aux quatre coins de

Paris. Elles se souviennent de réveils difficiles dans les vapeurs d'alcool, de retours de chez Castel par le premier métro, d'histoires qui devaient durer une vie et qui n'ont duré qu'un soir… Mille souvenirs qu'elles se remémorent inlassablement à la fin des dîners arrosés. Elle ne sait pas bien ce qu'elle ferait sans elles. Elles sont son univers, son quotidien. Elles sont amies.

Mais ce soir-là, elle ne pense pas à ça non plus. Elle ne pense à rien, d'ailleurs. Elle glousse. Il est là. Il la regarde. Il se laisse bercer par le lent va-et-vient de la balançoire accrochée au plafond du salon. Il lui parle et elle glousse. Il est 4 heures du matin, ils sont soûls. Ils parlent, ils ont oublié les autres qui parlent autour, qui dansent autour, qui boivent autour, qui les regardent en se disant qu'il se passe quelque chose. Ils s'en foutent. Ils se rapprochent, il a les yeux où se lit l'envie, elle aussi. L'envie qui monte, si puissante qu'elle en devient violente.

Et il s'en va.

Cette fois, ils savent. Cette fois, ils ont senti le frisson les traverser. Ils ne pourront plus jamais nier. Il a senti le danger, que sa vie pouvait basculer, là, en un instant, sur une balançoire au cœur des Batignolles… Il a senti cette envie démesurée exploser dans sa tête, inonder la pièce. Cette tension palpable se dégager de leurs corps, envahir l'espace.

Il a senti qu'il commençait à bander, sur cette balançoire… Juste parce qu'il humait son odeur, juste parce qu'il voyait sa peau. Il a senti qu'il pourrait vendre son âme au diable pour pouvoir la prendre. Il a senti qu'elle n'attendait que ça. Qu'il la prenne. Là.

Plus tard, il lui dira que ce soir-là, il aurait tout donné pour entrer en elle. Il lui dira qu'une fois rentré chez lui, il l'a espionnée longtemps par la fenêtre. Sa femme dormait dans leur chambre. Il s'est allongé sur le canapé, il a fermé les yeux. Il s'est caressé en l'imaginant sur lui. Il lui dira qu'il a joui.

Elle lui répondra que ce soir-là, elle aurait tout donné pour qu'il entre en elle. Elle lui dira qu'elle s'est couchée. Elle a fermé les yeux. Elle s'est caressée en l'imaginant en elle. Elle lui dira qu'elle a joui.

Ce soir-là, ils ont fait l'amour ensemble pour la première fois. Sans le savoir. Chacun de leur côté.

Ce soir-là, ils ont surtout senti que plus rien ne serait jamais comme avant. Que désormais, ils avanceraient sur un fil. Qu'il suffirait que l'un trébuche pour que les deux tombent. Que ce n'était plus qu'une question de temps.

Nous sommes le 13 décembre.

5.

Le mois de décembre défile doucement. Elle annule le mariage. À moins qu'il ne s'annule tout seul. Elle perd sa grand-mère, son homme repart en Syrie. Elle est seule, se rassure en se disant que son couple ne risque pas de sombrer dans la routine, qu'elle est une femme terriblement indépendante.

Elle ne rêve que de dimanches à deux.

Les fêtes se passent. Ils se croisent. Moins qu'avant. Il fait froid. La cour est déserte.

Début janvier, la vie reprend tranquillement. Ils montent dîner au deuxième. Un autre couple d'amis qu'elle ne connaît pas est invité. Elle s'en fout. Elle ne voit que lui. Le reste ne l'intéresse pas.

Elle est assise à côté de lui. Forcément. Il y a eux et les autres. Ils se mangent des yeux discrètement. Ils se frôlent innocemment. Ils parlent de sexe. Deux couples de bobos avec des enfants en bas âge, elle et son homme, bobos aussi mais sans être passés par la case parents… Enfin, pour l'instant. Ce n'est plus qu'une question de temps.

Elle a décidé d'arrêter la pilule. Ce sera l'enfant, pas le mariage. L'envie est venue soudainement. Un matin. Elle s'est réveillée avec un mal de tête épouvantable, elle ne savait pas qui, la veille, avait apporté une mauvaise bouteille. À moins que ce ne soit les mélanges. Elle avait sans doute trop bu. Trop picolé, trop fumé, ça ne pouvait plus durer. Elle s'est réveillée, elle s'est dit que c'était peut-être le bon moment finalement.

Le moment le plus mal choisi, le plus inconscient pour faire un enfant. Le moment où tout tangue à l'intérieur d'elle. Ultime tentative désespérée de colmater artificiellement un équilibre qui, au fond, fout déjà le camp. Elle va bientôt avoir 30 ans. Bel âge pour devenir maman.

Pourtant, elle n'a jamais eu très envie d'enfant. Elle essaie de faire comme tout le monde. Elle s'extasie quand quelqu'un lui brandit un bébé sous le nez comme un trophée. Les jeunes mamans font souvent ça. Elle voit ses amies fondre d'amour. Elle, elle fait semblant, mais au fond, elle s'en fout. Elle essaie, elle se force, elle se dit que le désir d'enfant, c'est peut-être comme l'appétit, ça vient en mangeant. Elle n'a pas envie d'être enceinte, pas envie de passer des mois avec quelqu'un d'autre dans son ventre, pas envie d'accoucher, pas envie de perdre sa liberté.

Elle essaie pourtant de se convaincre en se disant qu'il y a des schémas de vie qu'il faut savoir respecter. Quatre ans qu'ils sont ensemble. Une maison, un compte commun, ils n'ont pas l'Espace ni le chien mais un môme, ça serait déjà bien sur la photo du couple idéal médiatico-journalistique parisien.

Elle a arrêté la pilule.
Son homme est heureux.

Ils sont à ce dîner, elle est peut-être enceinte sans le savoir encore. Elle écoute les autres expliquer la vie après. Tout est très policé, bien élevé, raconté à demi-mot. Plus la soirée avance, plus les mots s'af-fûtent. Elle sent les tensions qui flinguent le quotidien émerger, les frustrations de l'un contre l'autre, de l'un envers l'autre, de l'un à cause de l'autre. Ça monte au fur et à mesure que les verres se vident.

— Mais bien sûr que c'est compliqué de faire l'amour le matin. Les mômes se lèvent tôt. Ils déboulent dans notre chambre, tu vas faire quoi ? Leur dire : « Les chéris, soyez gentils, allez jouer dans le salon, papa veut sauter maman » ?

— Le matin les mômes se lèvent tôt, et le soir t'es crevée.

— T'es mignon, mais vis ma vie et on verra si à 23 heures, quand tu te couches, t'as une folle envie de faire des folies.

— Je sais, chérie, mais bon, ils sont magnifiques nos enfants.

Elle écoute. Observe ces couples qui vivent une autre vie que la sienne. Elle comprend, même si c'est dit à demi-mot, qu'ils ne font plus l'amour le matin. Devine qu'ils ne font plus l'amour du tout. Qu'ils sont bouffés par l'ennui. Qu'ils ne s'en rendent même pas compte, ou qu'ils ne veulent pas s'en rendre compte. Lui ne dit rien. Il la regarde.

Elle dit qu'elle ne peut pas vivre sans faire l'amour. Qu'elle apprendra à ses mômes à faire la grasse matinée. Qu'elle leur offrira toute la collection des *Légendaires*. Qu'elle leur mettra des somnifères dans leurs biberons.

Ne plus faire l'amour. Autant arrêter de respirer, de boire, de manger. Autant arrêter de vivre.

Il la regarde. Elle sent son regard qui ne la lâche pas. Effleure sa jambe sous la table, regarde ses mains posées si près. Sent encore cette envie qui monte.

Même là, lui avec sa femme en face, elle avec son homme qui lui caresse tendrement le bras. Eux ne sentent que cette attirance chimique qui ne se contrôle pas. Ils contrôlent encore.

Il est tard, ils descendent se coucher. Elle l'embrasse sur le pas de la porte. Elle pourrait presque jouir au simple contact de ses lèvres sur sa joue.

Nous sommes courant janvier.

6.

Elle ne se souvient pas de tous ces moments parta-
gés. Elle en a sûrement oublié. Sa mémoire n'a retenu
que les plus forts. Elle a oublié ces soirs où il descend
la poubelle trop souvent, où il passe devant chez elle
pour un oui, pour un non, où il vient chercher une
cigarette, lui qui ne fume pas. Elle a oublié ces premiers SMS anodins où il lui demande le numéro d'un
carreleur, l'adresse d'un primeur, une idée de cadeau,
le meilleur fleuriste du quartier. Ces SMS dont ils ne
parlent jamais après, comme si déjà, ils étaient leur
jardin secret, la trace d'une intimité inavouée, ina-
vouable.

Ils font tout pour se voir, s'entrapercevoir. Chaque
occasion est prétexte à une fête, chaque fête est prétexte
à les inviter, à l'inviter.

C'est la Chandeleur. Elle est encore seule. Elle ne se
rappelle plus où est son homme. Elle sait juste qu'elle
est seule, et qu'elle a envoyé au voisin du deuxième un
SMS pour leur proposer de descendre dîner. La foule
des grands soirs débarque au loft. Les filles font des

crêpes. Il apporte le cidre. Non. Ils apportent le cidre. Ce soir-là, il descend avec sa femme.

Elle se souvient que c'était une jolie soirée.

De quoi parlent-ils dans ces dîners qui durent toujours jusqu'au bout de la nuit ? De la vie sans doute. L'une des filles sortait de son dernier cours de théâtre. Elle avait passé l'après-midi à simuler des orgasmes. Quel que soit le partenaire, homme, femme, beau ou laid. Elle se souvient qu'elles avaient commencé à faire pareil, sous le regard médusé des garçons. Elles avaient ri quand elles avaient compris qu'ils imaginaient que les femmes ne simulaient jamais. Pas avec eux en tout cas.

— Non mais moi, ça ne m'est jamais arrivé, je vous promets je m'en serais aperçu. Tu le sens quand une femme jouit, si tu fais attention à l'autre, tu ne peux pas ne pas voir.

(Sourire.)

— Et tu te serais aperçu de quoi ?

— Qu'une femme simule, je suis sûr que je le verrais.

— Fais-moi confiance. Il n'y a pas un homme capable de voir si une femme simule ou pas. Pas un, tu m'entends, pas un seul, ni toi ni un autre. Et je ne connais pas une femme, pas une, tu m'entends, qui n'ait pas simulé un jour pour que cela se termine, parce qu'elle avait envie de dormir ou qu'elle voulait se barrer à la gym, ou juste parce qu'elle savait qu'elle ne jouirait pas. Parce que ce jour-là, elle pense à autre chose, à un problème de boulot, à un truc qu'elle a oublié d'acheter pour la fête de fin d'année, aux billets de train qu'elle n'a pas réservés pour le ski, bref parce qu'à ce moment-là elle est en train de faire l'amour, mais en fait elle a la tête ailleurs.

— Personne ne pense à acheter un billet de train en faisant l'amour.

— Non, un homme ne pense pas à un billet de train en faisant l'amour. Une femme, je suis moins sûre.

Ils parlent de politique, de boulot, d'amour, d'avenir, de tout, de rien.

Elle se souvient qu'elle a ri à en pleurer en attaquant une crêpe chocolat-banane-chantilly. Elle se souvient qu'il ne pouvait plus s'arrêter de la regarder. Il y avait toujours cette envie, mais il y avait autre chose. Un attendrissement, une douceur, une fascination pour sa joie de vivre. Il y avait plus qu'une simple envie.

Une des filles lui dira le lendemain que le voisin du deuxième la regardait d'une façon étrange. Elle répondra vaguement qu'elle n'a rien remarqué.

Il est fou d'elle.

Elle le sait. Elle a vu. Plus que jamais. Elle a vu ses yeux pétiller, la dévorer comme on dévore une étoile filante qui peut disparaître à tout moment. Comme s'il voulait graver dans sa mémoire le moindre de ses sourires, ses yeux, son visage…

Elle a vu. Et elle n'est pas la seule à avoir vu.

Sa femme aussi a vu. Elle qui n'a pas l'habitude d'être là observe. Et elle voit. Elle part tôt. Elle demande à son mari de rentrer avec elle. Ce soir-là, il ne reste pas.

Dans l'escalier, sa femme lui dira qu'il est fou amoureux de la fille d'en bas. Qu'il la regarde comme jamais elle ne l'a vu regarder une femme. Il niera. Il tentera de clore la conversation avec un tendre sourire un peu ironique en lui demandant si elle est jalouse. Il dira à sa femme en la prenant dans ses bras les mots qu'elle a besoin d'entendre, il la rassurera.

Ce soir-là, pour la première fois, elle a vu. Elle a su. Elle préfère oublier.

7.

Eux n'oublient pas. Il y a des hauts et des bas. Des moments où ils ne se voient pas, où ils n'y pensent pas. Des moments où ils ne pensent qu'à ça.

Ils se croisent toujours un peu. Un dimanche, il descend les chercher pour leur proposer de déjeuner dans un petit resto italien pas très loin. Ils discutent de l'avenir, de leur façon de voir la vie, de leurs rêves. Ils pensent partir s'installer à New York. Sa femme veut rentrer chez elle, monter un business là-bas. Lui veut s'occuper de sa fille.

Elle sent une vague d'angoisse immense l'envahir. Son pouls s'accélère, elle a du mal à respirer, elle essaie de se calmer, de ne rien laisser transparaître. Tout son intérieur s'effondre, elle participe mécaniquement à la conversation, elle a l'esprit embrumé, elle sourit, parle, sent une boule dans sa gorge qui prend de plus en plus de place, qui va bientôt l'empêcher d'articuler, de respirer, elle essaie de se raisonner en se disant qu'elle est ridicule, elle ne peut pas faire autrement.

Il va falloir arrêter de le voir.

Arrêter.

Falloir.

Elle ne prend toujours plus la pilule.

Elle essaie de faire un môme avec son mec. Il va partir aux États-Unis avec sa femme et sa fille.

Elle panique à l'idée de ne plus le voir. Comme si l'idée qu'il parte loin d'elle est intolérable, déjà.

Il part le lendemain matin. Pas à New York. En France, trois semaines en déplacement professionnel. Trois semaines loin d'elle. Trois semaines pendant lesquelles elle veut se forcer à l'oublier avant qu'ils ne trébuchent, avant qu'ils ne tombent. Trois semaines qui vont faire exploser leurs vies.

Ils vont s'écrire. Ils ne s'appellent pas. Pas encore. Les SMS font tomber les dernières barrières qui les séparent de l'intimité.

Ils commencent par un par jour, puis deux, puis dix. Très vite, les mots deviennent une drogue. Ils n'éteignent plus leurs portables, ni la nuit ni le jour. Ils les mettent sur vibreur quand ils sont en réunion, de peur de rater l'arrivée d'une nouvelle bouffée d'oxygène. Ils vivent au rythme de ces mots, de moins en moins anodins. De plus en plus personnels. Ils repoussent les limites, petit à petit, ils se confient, ils s'embrassent par écrit.

C'est elle qui commencera. Un an après, elle se souvient encore de ces mots échangés, de son impatience, de ses heures passées à attendre quand il ne pouvait pas répondre…

« *Embrasse les marmottes pour moi.* »

« *Un baiser de Montceau-les-Mines.* »

« *Contre un baiser de la plus belle ville du monde.* »

« *Je suis au bord du lac Léman, je bois une bière, je t'embrasse.* »

« *Pourquoi tu ne me réponds pas ?* »

« *Je ne bois pas moi, je travaille. Trinque à ma santé.* »

« *Je suis à un rendez-vous avec une postière qui a un teckel, et je m'ennuie et j'attends tes textos.* »

« *Elle est jolie ?* »

« *Moins qu'une charmante journaliste que je connais.* »

« *Tu m'écris après ton dîner ?* »

« *Tu fais quoi ?* »

« *Je regarde la télé.* »

« *Tu regardes quoi ?* »

« *Une émission stupide de Jean-Luc Delarue. C'était bien ton dîner ?* »

« *Douce nuit.* »

« *Tu rentres quand ?* »

« *Je rentre demain. Et je pense à toi.* »

« *Je ne pense qu'à toi.* »

« *Mon cœur balance entre un vent de panique et une douce impatience.* »

« *Tu as le choix entre la bande originale de* Lost in Translation, *un déjeuner ou un baiser.* »

« *Je préfère un baiser.* »

« *Alors, je t'envoie un baiser.* »

« *Je préfère un baiser réel.* »

Parfois, il éteint son portable, balayé par l'angoisse, anéanti par l'avenir, par cette chute qui approche et qu'ils savent tous deux inéluctable. Ils ne rêvent que de ça. Rien ne peut plus les retenir, même s'ils devinent qu'il n'y a pas d'issue, qu'il y aura de la souffrance, qu'il y aura des larmes... Le désir, l'envie, l'attirance sont plus forts que n'importe quel raisonnement, que n'importe quelle réflexion.

Ils sont sur un fil. Ils trébuchent en jouant avec les mots. Ce n'est plus qu'une question de jours, plus qu'une question d'heures, avant qu'ils ne tombent vraiment.

Le dernier soir, il lui envoie un ultime texto.

« Mon train est arrêté en pleine campagne. Et je pense à toi. »

Elle ne peut pas répondre. Pour une fois, elle n'est pas seule. Elle est chez elle, avec son homme et des amis qui sont venus dîner.

Quelques heures plus tard, elle le voit passer dans la cour avec sa valise. Il est rentré, le temps du virtuel est terminé.

Nous sommes le 19 février.

8.

La canalisation est éventrée. L'eau envahit chaque recoin de l'appartement. La voisine du fond de la cour regarde hébétée son salon se transformer en piscine. Elle ne dit rien, ne bouge pas, elle est incapable de savoir ce qu'il faut faire pour que cesse ce cauchemar.

Elle arrive du loft avec un thé et de quoi grignoter. Elle n'a pas encore passé la porte, et elle le devine déjà. Elle sent qu'il est là. Elle ne l'a pas vu depuis leurs derniers textos. C'était il y a deux jours. Elle l'a vu passer dans la cour la veille, avec sa femme et sa fille. Elle l'a vu à la fenêtre la regarder. Mais ils ne se sont pas encore parlé. Elle a peur que la magie s'envole.

Il est dans le coin du salon, les pieds dans l'eau, il cherche le numéro d'un plombier. Il lui tourne le dos, mais la devine. À cette minute, ils savent que l'enchantement ne disparaîtra pas. Que le frisson est toujours là, plus fort que jamais.

Ils sont toujours chez la voisine. Il faut toujours trouver un plombier. Et ils sont incapables de réfléchir, de penser. Ils ne sentent que cette envie animale de se toucher.

Elle parle la première, elle explique qu'ils vont aller chez elle, qu'elle a les Pages jaunes, qu'ils vont trouver le numéro d'un plombier, qu'ils reviennent, qu'ils laissent la voisine un moment, mais qu'ils vont revenir. Ils s'éloignent vers le loft, sans parler. Elle lui propose un café, ils se dévorent des yeux, font comme si tout était normal alors que rien ne l'est. Leurs mots ne vont pas avec leurs pensées.

Ils se frôlent, il la plaque contre le mur, effleure sa bouche, se fait violence pour la lâcher, s'éloigner d'elle alors qu'il ne veut qu'avaler ses lèvres, les goûter, les aspirer, boire sa salive. Déjà, il voudrait lui faire l'amour là, contre la porte du placard de l'entrée. Sa femme qui l'attend pour déjeuner deux étages plus haut, son homme à elle parti à l'autre bout du monde. Il voudrait la prendre. Là.

Ils s'éloignent, retournent dans le salon, devant ces grandes baies vitrées qui donnent dans la cour, ils voient sa femme à la fenêtre qui le cherche. Il lui crie qu'il n'en a pas pour longtemps, qu'ils cherchent le numéro d'un plombier pour la voisine inondée, qu'il remonte après.

Il s'assoit en face d'elle, le dos au mur. Elle est en tailleur sur le canapé. Ils se bouffent des yeux. Il a encore son odeur sur les mains, le goût furtif de sa bouche sur les lèvres. Ils sont comme anéantis par cette attirance incontrôlable, ils ne rêvent que de recommencer, il lui dit d'une voix presque inaudible : « Qu'est-ce qu'on va devenir ? »

Ils sont tombés.

Nous sommes le 22 février.

9.

La veille, il est remonté chez lui dans un état second. Avec une seule obsession. Ne rien laisser transparaître, faire comme si tout était normal. Il a passé le dimanche en famille, ne pensant qu'à elle, sans que cela se voie.

Le soir, elle lui a proposé de descendre prendre l'apéro. Il a dit oui. L'envie était insoutenable. Une envie qui ne pouvait que se deviner, une envie qu'il fallait dissimuler. Dans la foule.

Elle a invité la terre entière. Elle s'est dit qu'au milieu des autres elle pourrait le regarder. Que plus ils seraient nombreux, plus elle pourrait le regarder.

Il n'est pas venu.

Elle n'a pensé qu'à ça, toute la nuit. Elle est au boulot devant son écran d'ordinateur. Elle se dit qu'il faut vraiment qu'elle se mette au travail. Et elle ne pense qu'à lui.

Elle a passé la soirée nichée dans son canapé à regarder par la fenêtre. Les autres parlaient, buvaient, riaient. Elle aussi. Elle essayait. Mais elle ne pensait qu'à une chose. Regarder par la fenêtre. Elle ne sait pas encore qu'elle passera des heures, des jours, des nuits entières, des semaines à regarder ces fenêtres. Elle l'a guetté. Il l'a regardée. Il était collé à la vitre, les yeux fixes, et il la regardait. Il a observé le moindre de ses mouvements, le moindre de ses gestes. Il l'a regardée. Il l'a vue rire, manger, boire. Il a vu qu'elle le regardait aussi. Ils se sont regardés comme ça, d'un étage à l'autre, ils se sont épiés. Il y a quelques jours, des centaines de kilomètres les séparaient ; hier soir, quelques mètres seulement. C'était pire.

Elle est toujours devant son écran d'ordinateur. Elle hésite. Elle veut l'appeler. Lui envoyer un texto. Elle se dit que la vie est folle. Que vous pouvez construire pendant des années tous ces trucs qui rassurent vos parents, vos amis, la société. Acheter un bel appartement, préparer un mariage, un bébé… Et que tout peut valser.

Elle sursaute.

Texto :
« Tu as un mail ? »

Donne le mail.

Reçoit :
« Objet : baiser réel

Pour hier soir, ou je restais chez moi ou je venais t'embrasser devant tout le monde.

Pour tout à l'heure : 13 heures au Fumoir, rue de l'Amiral-Coligny (derrière le Louvre).

Pour le reste, c'est toujours la panique. »

Répond :

« Pour 13 heures, mon cœur balance entre une douce impatience et un vent de panique...

Pour hier soir, tu as bien fait de ne pas descendre, je ne sais pas trop comment on aurait expliqué ça à la copropriété...

Pour cette nuit, j'espère que tu as dormi... Ça en fera au moins un sur les deux.

J'ai juste l'impression que je commence à respirer après deux jours d'enfer...

Sinon, c'est de pire en pire. J'essaie de passer plus d'une minute sans penser à toi, c'est pas gagné. Je vais peut-être commencer par trente secondes. »

Reçoit :

« J'arrive à dormir. En revanche, j'ai du mal à avaler les aliments.

Si je ne te vois pas, je meurs. »

De ce déjeuner, elle se souvient qu'il est arrivé très en retard, qu'il l'a invitée, qu'il avait une nouvelle Carte bleue, qu'il ne se souvenait pas du code, qu'elle lui a offert le DVD de *La Femme d'à côté*, qu'ils se sont dit qu'ils pourraient peut-être coucher ensemble, que ce serait peut-être décevant, que ça les calmerait, de son risotto, qu'il a fait un chèque, qu'elle n'a pas touché à sa salade, de ses yeux, qu'elle avait mis son manteau blanc, qu'il avait envie d'elle, qu'elle avait envie de lui.

Elle se souvient qu'ils ont parlé, ri, qu'ils avaient une complicité déroutante, qu'ils se parlaient comme s'ils se connaissaient depuis toujours, comme s'ils s'étaient déjà vus seuls cent fois, alors que c'était la première. Elle se souvient qu'ils étaient bien. Terriblement bien.

Elle se souvient qu'ils s'étaient raconté leurs premiers frissons, il voulait savoir quand elle avait senti le désir l'envahir pour la première fois, elle voulait savoir quand il avait rêvé d'elle. Si elle se souvenait de sa crémaillère, s'il se souvenait de la Chandeleur. Ils étaient subjugués par cette vague de sentiments qui envahissaient leurs corps. Ils paniquaient, se demandaient ce qu'ils allaient faire, se répétaient qu'ils étaient fous, que c'était un enfer, qu'ils souhaitaient à la terre entière de vivre la même chose. Ils se disaient surtout que, finalement, on est peut-être sur terre juste pour vivre ça.

Elle se souvient qu'ils n'arrivaient pas à partir, qu'ils se disaient qu'ils pouvaient essayer de devenir amis, qu'ils n'y croyaient pas, qu'ils en mouraient d'envie, qu'il lui a pris la main, qu'elle fumait clope sur clope, qu'il fumait aussi.

Elle se souvient qu'ils sont sortis parce que même quand on est journaliste, il y a un moment, passé 16 heures, où il vaut mieux refaire une apparition au bureau, qu'il l'a prise dans ses bras devant l'église, qu'ils se sont embrassés. Pas juste embrassés. Embrassés comme s'ils allaient mourir après, comme si c'était le dernier baiser, sans pouvoir s'arrêter, comme s'ils respiraient enfin après des mois d'apnée. Ils se sont mangés, goûtés, dévorés.

Goulûment, avidement.

Elle se souvient de sa bouche qui s'est collée contre la sienne, de sa langue qui est venue l'envahir, de son ventre qui s'est mis à hurler de désir. Elle se souvient de tout.

Il aurait pu lui faire l'amour là, au milieu des buissons devant la mairie du 1er, dans sa Smart qui attendait au sous-sol du parking, à l'abri de n'importe quelle porte cochère du quartier, ils s'en foutaient.

Ils n'ont rien fait.
Elle l'a déposé au métro Porte Maillot.

Nous sommes le 23 février.

10.

De : o.r@h&b-avocats.com
à : elle@yahoo.fr

24/02/2004 17:48

« Objet : guide des émotions

Trouvée sur le Net, définition de la panique.

Expérience à forte connotation corporelle :
il s'agit de malaises qui résultent du fait qu'on repousse une expérience émotive ou une préoccupation importante.

Qu'est-ce qu'une émotion repoussée ?
une expérience à forte connotation corporelle.

Que tente-t-elle de faire ?
Elle tente de détourner notre attention de ce que nous repoussons pour l'attirer vers le malaise qui en résulte.

Que peut-on faire ?

Décoder ses réactions : l'angoisse, la fébrilité, la surexcitation, le nœud à l'estomac, la boule dans la gorge... »

11.

C'est peut-être ici que l'histoire commence vraiment.

À partir de ce jour-là, ils vivent l'un pour l'autre. Ils ne vivent que pour ça, que pour leur histoire. À partir de ce jour-là, ils vivent ensemble, même s'ils ne dorment pas ensemble. Ils ne pensent qu'à l'autre, qu'à trouver quelques minutes, quelques secondes. Il n'y a que cela qui compte. Se voir.

Le matin, ils se guettent. Il la voit sortir du loft. Ils se retrouvent au bout de la rue, s'embrassent follement pour se dire bonjour, s'embrassent follement pour se dire au revoir.

À partir de ce jour-là, leurs portables ne sonnent plus. Ils vibrent. Ils commencent à mentir, lui à sa femme, elle à son homme. À s'enfoncer dans cette double vie.

Ce jour-là, ils prennent leur premier petit déjeuner ensemble dans un café de l'avenue de la Grande-Armée. Ils commencent à se raconter leur vie. Ils parlent d'eux. Ils se regardent. Plutôt, ils se contemplent.

Il lui raconte ses nuits d'adolescent où il faisait le mur, elle lui raconte ses années étudiantes, ils se disent leurs amours, leurs déceptions, leurs chagrins, leurs espoirs.

Ce jour-là, ils ne se sont pas encore touchés. Ils ne savent pas encore. Ils le devinent. Tout est si fort. Ils n'imaginent pas que faire l'amour ensemble puisse ne pas l'être aussi. Mais ils n'imaginent pas à quel point.

Ils s'envoient des mails... des centaines et des centaines de mails, à chaque minute, chaque jour, nouvelle drogue qui n'a d'équivalent que le désir de se voir, de s'appeler, de se parler. Ils deviennent shootés, accros, dépendants, envahis.

Ils ont les yeux rivés sur leurs écrans, repassent aux textos quand il n'y a plus d'ordinateur. Se téléphonent quand les mails tardent à arriver. Quand ils ne se sont pas vus depuis plus de cinq minutes. Pour savoir que l'autre est encore là. Comme s'ils savaient que l'autre ne serait pas toujours là.

Ce mardi-là, elle est dans un état second, elle n'arrive plus à se concentrer, elle n'arrive plus à travailler, à manger, à respirer. Elle voit les regards des autres qui s'interrogent, qui se demandent ce qui se passe, à quoi elle pense, pourquoi elle a la tête ailleurs.

Envoie :
« Je suis seule ce soir. »

Reçoit :
« Dans le genre remise sous tension, le mail "Je suis seule ce soir" est imbattable.

La mauvaise nouvelle, c'est que la tension remonte beaucoup plus vite qu'elle ne retombe... Tu aimes sauter à cloche-pied au bord d'un précipice ? »

Répond :
« Tu as trompé ta femme avec la postière, la semaine dernière ? »

Reçoit :
« 1. Je n'ai pas trompé ma femme avec la postière.
2. Je t'adore quand tu me poses des questions comme ça.
3. Je t'adore quand tu glousses et quand tu m'embrasses.
4. Je t'adore quand tu fais la concierge et quand tu fais la grande sœur de tes amies.
5. Je ne pourrai pas m'empêcher de t'embrasser en passant devant ta porte ce soir... et si je t'embrasse au rez-de-chaussée, je t'emmène au sous-sol... »

Répond :
« Je trouverais ça tellement plus romantique de faire l'amour dans la cage d'escalier par moins quinze degrés avec la concierge qui rôde et la voisine du fond de la cour qui veut se suicider parce que son appartement est inondé...
Je vais glousser tout le temps pour que tu m'adores tout le temps.
Non, je vais t'embrasser sans cesse pour que tu m'adores tout le temps. »

Leur histoire dure depuis un jour.

12.

Au sous-sol, il y a sa chambre à elle. C'est dans cette pièce que ce soir-là, ils se touchent pour la première fois.

Un peu plus tôt, elle est passée le chercher dans un restaurant du quartier Montorgueil. Il avait un dîner de boulot avec des avocates inélégantes. Et du champagne.

Ils ont traîné dans un bar branché du quartier, à boire des caïpirinhas. Ils savourent.

Le serveur les a remerciés. Il est 2 heures. Il ferme.

Ils sont dans la rue. Ils rentrent main dans la main. Poussent la porte du porche. Les fenêtres du deuxième sont éteintes. Sa femme dort. Elle ouvre la porte de son loft, il la suit.

Il l'embrasse au rez-de-chaussée. Il murmure son prénom, il a imaginé une fois, mille fois, ce moment où il pourrait enfin la toucher. Le son de sa voix… Elle ne veut que lui. Elle tremble. Elle vibre. Son corps se réveille comme s'il était endormi depuis des années, comme si elle faisait l'amour pour la première fois.

Il l'emmène au sous-sol.

Ils en avaient rêvé. Ils ne se sont pas trompés. Ils comprennent qu'ils sont sur terre pour faire l'amour ensemble.

Ils découvrent qu'une main qui vous touche peut vous rendre fou. Ils se dévorent, ils se mangent, se lèchent, s'avalent. Il aspire son suc, elle lèche son sperme. Elle se régale de sa peau, de sa sueur. Ils savent qu'on ne peut pas vivre ça sans s'aimer.

Elle le regarde nu. Son sexe est dressé, affamé. Il ne détache pas son regard du sien. Elle le contemple, grave dans son esprit la moindre ombre qui se dessine sur son corps, le moindre frisson qui le parcourt.

Il l'allonge, l'empêche de bouger, caresse chaque millimètre de sa peau, écarte doucement ses jambes, s'enfonce entre ses cuisses, gémit, la goûte encore et encore. Il la respire à en mourir.

Elle fait glisser son sexe entre ses lèvres. Elle fait glisser ses mains sur sa peau, elle ne se lasse pas de le regarder, de le contempler, de le désirer. Elle le dévore encore et encore.

Ce soir-là, il n'entre pas en elle. Ce soir-là, ils ne jouiront pas.

Il est 5 heures du matin. Il s'en va.

Elle s'endort dans des draps imbibés de son odeur. Elle mouille encore.

Il s'endort quelques heures plus tard à côté de sa femme. Il bande encore.

Nous sommes le 24 février.

13.

25/02/2004 17:52

« Objet : je ne suis pas un bon acteur

Je tiens à t'informer que j'ai travaillé en tout et pour tout 12 minutes depuis que je suis arrivé au bureau. Je suis au 10ᵉ étage avec vue sur Paris et au loin je vois le parc Monceau. J'ai du mal à décrocher les yeux de ce spectacle. Tu me manques à en crever. »

Elle :
« C'est de pire en pire... On avait dit que l'on ne se voyait pas avant demain.
J'essaie d'imaginer mes nuits sans ta bouche. Je manque d'imagination... »

Lui :
« Je ne peux pas regarder La Femme d'à côté *parce que j'ai oublié mes écouteurs.*

J'ai eu ma femme qui m'a dit que j'avais parlé toute la nuit. Sinon, tout va bien. Je suis au bord de l'agonie.

Il y a une lumière sur Paris... à faire l'amour dehors.

Je ne rêve que de toi. »

Elle :

« Non, mais ça va pas... Tu regardes vers moi... Au lieu de rêver, tu ferais mieux de regarder La Femme d'à côté... *quoique.*

Tu peux arrêter de rêver, ma conf de rédac est terminée. Je viens te chercher au métro Porte Maillot dans dix minutes. »

14.

La musique fait trembler les murs.

L'endroit est irréel. Un loft de 350 mètres carrés. La verrière du plafond se détache à une dizaine de mètres de hauteur. Sur les murs blancs s'agitent des acteurs de feuilletons américains balancés par des rétro-projecteurs.

Ils sont une centaine, deux cents peut-être, à se soûler au champagne et à la techno.

Il a hésité à l'emmener. La soirée a lieu chez un ami à lui, en plein cœur de Paris.

« Franchement, vu l'état dans lequel on est : Barry White en fond sonore, 2,5 grammes de champagne dans les veines, et nos bouches à moins d'un mètre l'une de l'autre, je ne suis pas sûr que ce soit une bonne idée. Qui résisterait à part la reine Victoria ? »

Et il a essayé d'imaginer deux jours sans la voir. Il lui a dit de venir, malgré le champagne, malgré la musique, malgré l'envie qu'il aurait de la prendre dans ses bras, en sachant qu'il ne pourrait pas la toucher, qu'il ne pourrait pas la sentir. Il pourrait au moins la regarder, lui parler. Il pourrait au moins la voir.

Il est 21 heures. Ils passent les chercher, elle et son homme, au rez-de-chaussée. Il est avec sa femme et un ami new-yorkais. Ils attrapent deux taxis. Jolie bande de copains parisiens trentenaires qui partent à une fête un samedi soir…

Elle monte avec sa femme. Elles parlent de trucs de fille, l'une aime bien les chaussures de l'autre, l'autre aime bien le sac de l'une. Quelques jours ont suffi pour qu'ils se glissent dans cette double vie. Sans la plus petite trace de mauvaise conscience. Sans le moindre remords. Rien.

L'endroit se remplit de gens tous plus branchés les uns que les autres… Elle ne voit que lui, il ne voit qu'elle. Ils essaient d'être prudents. C'est la première fois depuis leur baiser qu'ils se voient avec les autres.

Ils boivent. Ils ont les yeux qui pétillent. Il s'engueule avec sa femme. Elle n'a jamais aimé les fêtes. Elle se barre. Il se sent libre. Elle est toujours avec son homme.

L'ami new-yorkais a tout compris : il est en dehors de l'histoire. Les gens sont sans doute plus perspicaces quand ils sont seulement spectateurs.

Il parle avec une jeune femme blonde. Elle sent la jalousie qui monte, l'envie de lui prendre la main, de l'emmener loin de ce monde, de l'avoir pour elle seule. Jalousie absurde. L'histoire est absurde. L'amour est absurde.

Ils boivent encore. Il est 3 heures du matin. Ils se bouffent des yeux. Depuis leur première nuit, ils se sont vus. Mille fois. Mais ils n'ont toujours pas fait l'amour. Le supplice devient insupportable, insoutenable.

Son homme est parti. Ils sont seuls, au milieu de deux cents personnes. Seuls donc.

Elle l'attire dans le coin d'une mezzanine, un peu à l'écart. Commence à caresser son sexe. Le monde continue de tourner, de boire, de bouger, de passer, de les voir sans vraiment les voir. Il est 5 heures du matin... Les couples se font, se défont.

L'envie est obsédante.

L'ami new-yorkais est le seul à être resté jusqu'à la fin. Ils rentrent à trois. Ils poussent la porte du porche. Entrent dans la cour. Passent devant la porte du loft. Tout est éteint. Son homme dort. Il ne peut pas la laisser partir. Ils montent au deuxième. Ils sont toujours trois.

Son ami part préparer un chili à la cuisine. Sa femme et sa fille dorment au bout du couloir... Ils ferment la porte de la chambre d'amis.

Elle lui interdit de la toucher. Elle veut juste qu'il ferme les yeux, qu'il ne pense à rien d'autre, qu'il agonise, qu'il meure dans sa bouche. Elle prend doucement son sexe entre ses lèvres. Il gémit. Son corps se tord. Ils ont oublié où ils étaient. Ils sont partis dans un monde où rien ni personne ne peut les atteindre.

Il explose dans sa bouche. Elle ne se lasse pas de sentir son corps qui se tord de plus en plus fort. Il est ailleurs, loin. Il revient sur terre.

Elle grignote une assiette de chili.

Et descend se coucher au rez-de-chaussée. À côté de son homme.

Lui rejoint sa femme. Au bout du couloir.

Nous sommes le 28 février.

15.

Il y a des moments de bonheur intense. Il y a des moments de doute terribles. Ils passent de l'un à l'autre sans cesse.

Il lui dit que tout va mal finir, pour elle, pour lui, pour sa femme, pour son homme, pour sa fille, pour son bel appartement, pour tout. Il y a des moments irréels où ils se persuadent qu'ils vont trouver une solution. Qu'il y a forcément une solution. Il n'y a pas de solution.

Alors, ils ne pensent pas. Ils se laissent submerger par cette histoire qui les fascine. Ils n'ont plus de recul, plus de discernement, ils ne voient plus puisqu'ils ne veulent plus voir. À quoi bon ? Ils sont tombés. Ils n'ont plus qu'à oublier la réalité jusqu'à ce qu'elle les rattrape.

Ils sont fascinés et se jettent à corps perdu. Ils vont vite, tellement vite. En quelques jours, ils parlent déjà de demain, d'après-demain, du mois prochain, de leur avenir, de faire valser leurs vies. Ils vivent tout plus vite que les autres, ils ont tellement moins de temps que les autres. Il y a toujours cette urgence, prendre, engranger, le plus possible, au cas où leur histoire s'arrêterait. Trop brutalement. Trop rapidement.

Ils s'écrivent toujours autant. Pas plus, ils ne peuvent pas, ils s'écrivent déjà tellement. Des mots qui respirent jour après jour les sentiments naissants.

Le 2 mars, elle envoie :
« *Franchement, je t'adore.* »
« *Franchement, pas autant que moi...* »
« *Pas autant. Plus...* »
« *J'ai juste envie de t'embrasser sur les yeux.* »
« *Tu veux bien m'épouser ?* »
« *Tu veux épouser un divorcé handicapé des sentiments avocat ?* »
« *Je veux épouser un divorcé handicapé des sentiments avocat et partir vivre au bout du monde.* »
« *Quand tu seras prête à lâcher ton loft et tes copines et tes disques de soupe par la même occasion...* »
« *On le fait quand alors ?* »

Le 3 mars, il envoie :
« *J'ai pensé à toi tout le jour et toute la nuit, je me suis réveillé en pensant à toi, j'ai pris ma douche en pensant à toi, j'ai glissé ma carte orange en pensant à toi, j'ai dit bonjour à mon assistante en pensant à toi... Je veux juste écarter l'air qu'il y a entre toi et moi... Tu me manques...* »

Elle répond :
« *C'est interminable la vie sans toi...* »

Il envoie :
« Ce qui me rend fou :
Ta voix
Ta fougue
Tes yeux
Ton naturel
Ta langue
Tes cris
Ton odeur
Ta joie de vivre
Ta Smart
Avoue que ça fait beaucoup pour un seul cœur... »

« Ah ! Et j'ai oublié : tu me rends fou quand tu parles de politique. »

Il envoie :
« J'ai une vie romantique... »
« Depuis quand tu as une vie romantique ? »
« Depuis dix jours... »
« Je crois que je suis folle de toi... »

Nous sommes le 3 mars.

16.

Il est 9 h 57.

Premier mail :

« L'idée de passer un après-midi avec toi m'a mis dans un état second à la minute où je me suis réveillé (7 h 47).

Ce matin dans Libé, *C. Deneuve citant Marie Bonaparte : "Le travail est facile, la volupté est difficile."* *On va passer un après-midi difficile…*

Je t'embrasse doucement. »

Ils se retrouvent dans un café. Ils ne se sont pas vus depuis le matin, ils sont en manque.

Ils se sont échappés du bureau. Le travail est comme le reste. Un obstacle. Tout ce qui ne les réunit pas en est devenu un.

Ils inventent des excuses, des histoires, des rendez-vous. À sa femme, à son homme, à leurs amis, à leurs patrons, à leurs collègues. À la terre.

Ils sont dans un café, ils attendent une amie qui part en déplacement et qui leur prête son appartement. Ils ne se cachent pas. Ils attendent des clés. Promesse d'une intimité où ils seront loin du reste du monde, loin de tout ce qui n'est pas eux. Ils se sont caressés sous un porche, sur un quai, dans les rues de Paris. Jamais dans un lit.

Ils crèvent de désir.

Ils n'ont toujours pas fait l'amour. Ils ne pensent qu'à ça. Ils n'imaginent que ça, cet instant où il va entrer en elle, cet instant de délivrance.

Ils attendent des clés. Ils ne parlent presque pas. Les récupèrent. Se regardent. Sortent. Marchent vers cet immeuble en plein après-midi.

Ils ont des heures devant eux. Ils essaient d'oublier qu'après ces heures il faudra rentrer. Ils ne pensent qu'à ces heures où ils vont rester collés. Ne rien perdre, ne rien gaspiller.

La lumière est douce. Les baies immenses s'ouvrent entre le ciel et les arbres. C'est un bel endroit pour faire l'amour. Il commence à la déshabiller, lentement, très lentement. Ils ne sont pas pressés. Ils ne sont plus pressés. Ils ont tellement attendu.

Il enlève son jean, son tee-shirt. Attrape un sein, le prend dans sa main, le regarde, l'effleure, le goûte, le malaxe, passe à l'autre, se perd sur sa peau comme un enfant dans ses cadeaux le matin de Noël, se noie. Il enlève sa culotte. Elle est nue. Elle ferme les yeux.

Elle ne sent plus que ses doigts et sa bouche s'approprier son corps. Il découvre chaque recoin, reçoit chaque frisson, passe et repasse sa langue sur son sexe, remonte sur son ventre. Il la tourne doucement pour se coller à son dos, descend sur ses fesses, passe ses mains sur ses hanches, la fait gémir en glissant sa langue dans les plis cachés de ses genoux. Il veut qu'elle en meure, qu'elle oublie la vie. Il se retient pour ne pas la prendre, là, violemment. Il bande à en avoir mal.

Il s'allonge sur elle, se fond en elle. Il sent qu'elle ne respire plus. Elle sent son sexe ouvrir le sien. Il entre en elle. Elle sent une larme s'échapper de ses yeux. Et une vague l'envahir. Elle sait que ce qu'elle ressent à cet instant, elle ne pourra jamais le raconter, le décrire, l'écrire. Elle crie pour ne pas mourir, parce que c'est trop violent, parce qu'il faut qu'elle exulte.

Ce jour-là, elle a appris que deux êtres pouvaient ne faire plus qu'un.

Elle a joui comme jamais elle n'avait joui. Elle a hurlé à en mourir, elle a senti ses ongles entailler les paumes de ses mains, ses doigts se bloquer, son sperme gicler, inonder son corps. Elle l'a senti se tendre, gémir, jouir comme jamais il n'avait joui. Elle a senti que la Terre pouvait s'arrêter de tourner.

Elle le regardera longtemps avant de pouvoir parler.

Il massera ses mains longtemps avant qu'elle ne puisse de nouveau les bouger.

Nous sommes le 4 mars.

17.

Elle reçoit :
Objet : amants intermittents

« *Ce matin, j'ai senti ton parfum dans l'allée de l'immeuble.*

No comment.
Hier soir, gros refaisage de monde avec un pote autour de quelques verres de cognac. J'aurais vendu mon âme pour pouvoir t'embrasser. »

À 12 h 13, elle reçoit :
« *C'est insoutenable... J'ai envie de t'embrasser le cou et de mettre ma paume sur ton ventre...* »

Elle répond :
« *Plus que 31 minutes...* »

18.

Ils dînent ensemble. Dans un resto branché, cosy, des bords de Seine. La lumière est douce, leurs regards sont doux.

Ils se parlent de tout, sauf du côté désespéré de leur histoire. Ils parlent de leurs jobs, de leurs vies. Ils ont beau se parler, il y a tellement de choses qu'ils ne se sont pas encore racontées. Ils veulent tout savoir. Avec combien de femmes il a fait l'amour, avec quel homme elle a joui le plus fort. Comment il était petit, sa mère, son père, sa vie, elle est boulimique, il est assoiffé.

Elle le regarde, ils s'effleurent les mains, se lâchent pour ne pas partir faire l'amour n'importe où, assouvir cette envie qu'ils n'arrivent pas à assouvir.

Ils sont plongés l'un dans l'autre quand un homme assis à la table d'à côté leur parle. Il lui parle à lui, lui dit juste qu'il aimerait qu'une femme le regarde comme ça.

Il sourit. La regarde, les yeux embués. Il lui dit qu'il l'adore, elle l'adore encore plus, ils s'adorent toujours plus.

Elle griffonne sur un bout de papier :
« *Chez moi,*
les gens qui disent je t'adore,
ce sont les gens
qui n'osent pas dire je t'aime. »

Il répond, de l'autre côté du bout de papier :
« *Chez moi,*
les gens qui disent je t'adore,
ce sont les gens
qui ont peur de dire je t'aime. »

Ils rentrent. Ils ont la nuit devant eux.

Nous sommes le 8 mars.

19.

Le lendemain, elle envoie :
« *Objet : quelques lignes de bonheur*

J'ai eu un début de journée de rêve. Je t'ai regardé partir dans le rétroviseur. J'avais envie de sortir de la voiture, de courir, de t'embrasser encore et encore, encore et toujours. Je ferme les yeux, et je te vois en face de moi hier soir, les yeux pétillants. Tu avais juste l'air heureux...

Je suis en manque de ton odeur. Je t'embrasse à t'étouffer... »

Il répond :
« *J'ai eu un début de journée de rêve éveillé, puis ça a continué en bonheur tout court, et ça continue... tant que je garde ton odeur sur ma main tout va bien.*

Je t'adore... Je crois que je t'adore tellement que je serais prêt à ne plus voter Bayrou rien que pour toi... »

Elle lui écrit :

« J'ai envie de faire l'amour avec toi
j'ai envie de te regarder dormir
de te regarder prendre ton petit déjeuner
de te regarder jouer du piano
de te regarder sous la douche
de te regarder au restaurant
de te regarder dans la rue
de te regarder regarder la mer
de te regarder regarder ta fille
de te regarder me regarder
de te regarder jouir
de te regarder regarder la télé
de te regarder lire
de te regarder marcher sur le parking d'Ikea
de te regarder m'aimer
de te regarder être heureux
de te regarder encore... »

Il répond :

« Si tu aimes autant me regarder te regarder que
j'aime te regarder, je crains pour notre équilibre psy-
chique...

Si tu aimes autant me regarder jouir que j'aime te
regarder trembler de plaisir, je crains pour l'usure de
nos deux corps...

Si tu aimes autant me regarder regarder ma fille
que j'aime regarder ma fille, je crains pour l'issue de
ma vie conjugale...

Heureusement qu'Ikea est là pour m'empêcher de
venir tout de suite m'installer dans ton lit...

Je t'embrasse à en mourir... »

20.

Leur voyage est prévu depuis des semaines. C'était bien avant qu'ils ne tombent. Ils doivent partir à New York pour voir s'ils peuvent s'installer là-bas. Sa femme a des rendez-vous business. Lui a des rendez-vous pour trouver un job dans une boîte française.

Le voyage a forcément pris un goût amer. Elle ne voit qu'une chose : il part pour voir s'il peut vivre à des milliers de kilomètres d'elle. Il lui répète qu'il ne le fera pas, qu'il ne veut plus partir vivre là-bas. Elle ne dort plus.

Elle lui demande de ne pas y aller, de tout annuler. Il lui répond que s'il n'y va pas, il quitte sa femme. Il ne veut pas quitter sa femme. Pas encore.

Il lui laisse un espoir. Il lui a dit qu'il va essayer de rentrer plus tôt, quelques jours avant elle. Elle imagine les quelques nuits qu'ils vont pouvoir passer ensemble… Elle imagine le jour se lever sur son visage.

L'idée de l'absence est insupportable. Elle prend conscience que la dépendance est immense. Se dit qu'il faut arrêter, avant que cela soit pire, avant qu'ils s'aiment vraiment. Ils s'aiment déjà.

Ils se retrouvent dans un café. Dans sa poche, elle a les clés d'un coin d'intimité. Elle ne vit que pour ces moments, mais ce jour-là elle est ailleurs, elle est à terre. Elle est blessée.

Elle a décidé de le quitter, de mettre fin à cette histoire qui ne mène nulle part. Elle a décidé de fuir cette souffrance, les larmes, les cris. Elle sent que s'ils ne se quittent pas maintenant, ils ne se quitteront plus. Jusqu'à toucher le fond. Elle se dit qu'elle peut y arriver. Elle ne sait pas encore que c'est déjà trop tard.

Elle est assise dans ce café, elle le regarde, elle se demande où elle va puiser la force. Elle pense à elle petite, à elle et son père qu'elle a si peu vu, elle commence à parler. Se force à lui dire des choses terribles, si vraies, ces choses qu'ils ne se sont jamais dites, comme si ne pas les dire les faisait disparaître. Elle lui dit qu'il ne vivra jamais sans sa fille, qu'elle ne pourra pas regarder ce bout de chou en lui ayant pris son père, qu'il portera ça toute sa vie, qu'ils porteront ça toute leur vie. Que c'est une histoire de fous, qu'ils sont fous l'un de l'autre, jour après jour, que c'est toujours plus fort. Qu'ils sont tombés, et qu'ils vont sombrer. Elle parle. Et il pleure. À s'étouffer. À ne plus pouvoir s'arrêter. Si violemment. Il pleure de la perdre, d'imaginer la vie sans elle, il pleure de son impuissance. Il pleure parce qu'il sait qu'il passe à côté de quelque chose d'inestimable, parce qu'il sait que c'est avec elle qu'il veut faire sa vie, que c'est elle qu'il voudrait épouser, que c'est avec elle qu'il voudrait un enfant. Il pleure parce que c'est trop tard, parce qu'il n'est plus maître de sa vie, parce qu'il se rend compte que, quelque part, sa vie ne lui appartient plus. Elle est fascinée par cet homme qui pleure de la perdre au milieu de ce café.

Elle s'en va sans se retourner. Elle court dans la rue pour ne pas revenir.

Plus tard, la nuit est tombée, elle est effondrée dans son canapé, elle le voit passer devant chez elle, la tête baissée, le corps affaissé. Elle devine que ses larmes n'ont pas fini de couler.

Elle sent l'angoisse monter, son cœur s'affoler. Elle comprend qu'elle l'a quitté. Elle comprend qu'elle est folle. Elle voit les heures passer sans pouvoir dormir, avec pour seule idée de le retrouver. Elle pleure. À s'étouffer.

Elle voit que son portable a sonné deux fois, en pleine nuit, que c'est lui. Elle le rappelle, il ne répond plus.

Elle attendra l'après-midi avant de pouvoir lui parler. Ils se retrouvent dans ce bar du quartier où ils avaient passé leur première soirée. Elle lui explique l'inverse de la veille. Mot pour mot. Il se souvient que la veille, il est rentré chez lui en pleurant, que sa femme l'a regardé, médusée, qu'il lui a expliqué qu'il avait juste un coup de cafard, qu'il a pris sa fille dans ses bras, qu'il ne l'a plus lâchée de la soirée.

Et là, il est de nouveau face à elle. Il est venu bien décidé à lui dire qu'elle a raison, qu'il n'y a pas de solution. Il sait qu'il ne doit pas céder, et il sent qu'il cède, qu'il ne veut que ça, qu'il est incapable de lui résister, qu'il ne rêve que de se réfugier dans ses bras. Il sent qu'il veut juste oublier ces heures insupportables, insoutenables pendant lesquelles il a cru qu'il l'avait perdue.

Ils sont rentrés en longeant les murs de la cour, profitant de l'obscurité. Ils se sont engouffrés dans le loft comme des voleurs, les fenêtres du deuxième étaient toutes allumées. Sa femme l'attendait pour faire les valises. Ils sont descendus au sous-sol. Ils ont fait l'amour. Il s'est enivré d'elle, elle s'est soûlée de lui. Ils se sont mis à revivre. À respirer de nouveau.

Ce jour-là, ils ont su qu'ils ne pouvaient pas se quitter. Pendant longtemps, ils n'essaieront même plus.

Il rentrera chez lui tard, le corps et le cœur remplis d'elle.

Il rentrera chez lui en se disant qu'il ne la verra pas pendant une semaine.

Il se dira que cela aurait pu être pire. Il aurait pu ne plus jamais la voir.

Le lendemain, il part pour l'aéroport. Il passe devant ses fenêtres avec sa femme et sa fille. Elle dort encore.

Nous sommes le 13 mars.

21.

Ils n'ont jamais cru que la distance ou l'absence pourraient les séparer. Elles les ont rapprochés.

Il a passé la semaine à l'appeler, caché dans les parcs de Manhattan. Elle a passé la semaine à essayer de survivre.

Lui et sa femme ont décidé de ne pas s'installer là-bas. Leur histoire va donc continuer.

Ils partent toujours ensemble le matin, prennent toujours leur petit déjeuner avenue de la Grande-Armée, déjeunent toujours ensemble à Neuilly ou ailleurs dans Paris. Ils rentrent toujours ensemble le soir.

Elle envoie :

« Objet : JF cherche partenaire pour déjeuner langoureux

J'ai la sensation d'être dans un monde de coton... mais mon coton me suit... Il peut donc m'accompagner à Boulogne pour un déjeuner où je pourrais me noyer dans tes yeux... »

Il répond :
« *Je suis à toi… N'importe quand, n'importe où…* »

Ils détestent les week-ends. Il arrive à s'échapper le dimanche après-midi, ils vont se lover au Fumoir, le restaurant de leur premier déjeuner.

Ils mentent chaque jour un peu plus, repoussent les limites, prennent de plus en plus de risques. Son homme part souvent, lui est officiellement en déplacement. Et ils vivent ensemble, au loft, rideaux tirés, volets fermés. Sa femme et sa fille au deuxième, eux en bas, au rez-de-chaussée.

Ils ne voient plus personne, oublient leurs amis, leurs parents, le reste du monde. Ils tentent d'aller au cinéma, ne se quittent pas des yeux dans le noir, ne regardent pas l'écran. Ils vont au théâtre. Il passe la représentation à la regarder glousser comme une enfant. Leur histoire ne laisse de place à rien d'autre. Ils rentrent chaque soir en rasant les murs, effrayés à l'idée de croiser sa femme, la concierge, un voisin, une silhouette familière. Mais rien ne peut les empêcher d'être ensemble. Ils se disent qu'ils sont fous. Sont ébahis de cette folie.

Elle reçoit :
« *Tu aimes Patrick Bruel, t'as voté pour les Verts, et malgré tes goûts musicaux très contestables et tes errances politiques : je fonds, j'agonise, je me consume doucement…*

Ce doit être ton sourire allié à ta voix. Non, ce doit être autre chose… »

Ils découvrent le bonheur de dormir collés l'un à l'autre, de ne plus se lâcher, de faire l'amour le matin quand le jour se lève. Elle le réveille en pleine nuit en prenant son sexe dans sa bouche. Il la réveille en glissant une main entre ses jambes. Il n'y a pas une nuit où le désir ne les réveille pas. Ils font l'amour deux fois, trois fois, dix fois. Ils découvrent le plaisir des sens toujours plus grand. Il peut la dévorer pendant des heures, affamé de son odeur. Il n'y a aucune barrière, aucune limite, aucune pudeur. Il n'y a aucune impudeur. Ils ne sont qu'un.

Quand sa femme n'est pas là, c'est elle qui monte vivre au deuxième. Il regarde les deux femmes de sa vie danser dans le salon avec un œil attendri. Ils couchent cette petite fille qui ne se rend pas compte de ce qui se passe autour d'elle. Une famille tout ce qu'il y a de plus banal, sauf qu'ils vivent toujours les rideaux fermés, sauf qu'elle s'éclipse toujours sur la pointe des pieds avant que la nounou n'arrive le matin.

Elle envoie :
« J'ai passé un très joli moment... très doux, très tendre... coupé du monde. Comme si tout d'un coup, tout était simple... »

Il répond :
« C'était effectivement d'une simplicité et d'une douceur effroyables... »

Elle répond :
« Pourquoi effroyables ? »

Il répond :
« Effroyables quand on sait que l'on est ensemble depuis 29 jours… »

Elle lui dit pour la première fois je t'aime en pleine nuit.

Il lui dit pour la première fois qu'il l'aime un matin.

Nous sommes le 24 mars.

22.

C'est un matin comme tant d'autres. Ils sont arrêtés à un feu rouge porte Maillot. Il est enfoui dans son cou. Il rattrape une nouvelle nuit passée loin d'elle. Elle entend ce qu'elle attend depuis des semaines. Elle l'entend lui murmurer qu'il n'en peut plus de ne pas dormir dans ses bras, qu'il n'en peut plus de ne pas la voir dormir. Elle l'entend murmurer qu'il veut vivre avec elle. Elle ferme les yeux. Elle imagine un grand appartement tout blanc, avec des cartons, et un grand lit. Elle sourit.

Elle arrive au bureau.

Elle envoie :
« Voilà, j'ai décidé
Je veux te voir tous les matins
Je veux te voir tous les soirs
Je veux te dire que tu t'es encore mal rasé
Je veux râler parce que ta fille s'est réveillée avant que tu ne m'aies fait l'amour

Je veux aller faire l'amour en Normandie quand on en a envie
Je veux te regarder vivre
Je veux te rendre heureux à en mourir
Je veux vivre avec toi
Je veux lui acheter des baskets Gucci
Je veux t'entendre râler parce qu'on n'achète pas des baskets Gucci à une enfant
Je veux te semer au ski
Je veux te faire à manger
Je veux râler parce que tu ne fais pas à manger
Je veux t'aimer
Encore et toujours, tous les jours, toutes les nuits
Je te veux, je ne veux que toi. »

Il répond :
« C'est la plus belle invitation au bonheur que j'aie reçue dans ma courte vie.
J'ai juste envie de plonger dedans... »

Leur vie est belle.

Nous sommes à la fin du mois de mars.

23.

La vie continue. Les jours passent. Les élections aussi. Ils votent ensemble. Ils regardent les soirées électorales ensemble. Elle se demande comment il ose voter Bayrou. Il se moque d'elle qui ne comprend pas que l'on puisse voter Bayrou. Elle lui dit que la gauche va gagner, il lui répond qu'elle rêve.

Il écrit :
« Hier soir, la gauche a eu plus de 50 % des voix, c'est du jamais-vu dans l'histoire de la Vᵉ République.
Hier soir, tu m'as donné plus de 1 000 baisers, c'est du jamais vu dans l'histoire de la Vᵉ République.
Tu recommences quand ? »

Il s'engueule de plus en plus avec sa femme. Elle est de moins en moins présente avec son homme. Tous sentent qu'il se passe quelque chose, sans vouloir vraiment savoir quoi. Elle a bien croisé quelques voisins tôt le matin, pieds nus dans la cage d'escalier. Quand on ne veut pas voir, on ne voit pas.

Ils imaginent le gouvernement.

« *Il est 17 heures : toujours pas de gouvernement, toujours autant envie de toi... »*

« *Il est 17 h 06 : le gouvernement tombe à 19 heures. J'ai toujours autant envie de toi... »*

« *Il est 17 h 09. On parle de Villepin à l'Intérieur. Je ferme les yeux, je te vois allongée, nue, la tête en arrière, les yeux entrouverts... »*

« *Heureusement, il y aura Borloo. Je pourrais exploser en moins de 20 secondes au fond de ta bouche... »*

« *Tu prends tous les sénateurs... Tu les réunis dans l'Hémicycle... Tu sommes la totalité de leurs désirs... Tu multiplies par dix... Tu rajoutes le désir de la star de seconde zone qui transpire dans son pantalon de cuir quand elle te voit... Tu multiplies encore par dix... Et puis tu rajoutes un sentiment qui vient du cœur et que ni les sénateurs ni la star de seconde zone ne connaissent... Et ça te donne l'état de ton voisin non attentionné qui te pourrit la vie... »*

Ils passent de plus en plus de nuits ensemble, et ça ne suffit toujours pas. Ils ne supportent plus de travailler, ne supportent plus rien.

Elle lui écrit :

« *Il est 14 h 14. J'ai un immense vide en moi. Je ne t'ai pas senti dans mes bras depuis quatre heures... une éternité.*

Je m'endors devant mon ordinateur en pensant à toi... en rêvant à cette autre nuit qui arrive, une nuit de plus dans tes bras, une nuit de plus de douceur, de doux bonheur...

C'est irréel de dormir dans tes bras, de se réveiller en pleine nuit, de te deviner, de te caresser, de t'embrasser, de te sentir t'éveiller, de te sentir avoir encore envie de moi. C'est irréel... »

Il répond :
« J'ai envie de boire du champagne dans ta bouche... J'ai envie que l'on s'endorme ventre à ventre... Dans quarante minutes, je mettrai ma main gauche sur ta cuisse droite, et tu m'emmèneras loin du monde pour une nuit de plus... »

Une nuit magique. Elle est allongée sur le parquet... La lumière des bougies éclaire la pièce. Les rideaux sont tirés. Il lèche chaque coin de son sexe, fait monter le plaisir, le laisse redescendre, la sent gémir, se tendre, sent son ventre vibrer, ses cuisses trembler, il sait qu'elle va jouir. Elle ne respire plus... Elle est figée par la violence de la jouissance... Il la regarde. Elle est toujours allongée, elle ne bouge plus, ses mains sont paralysées, ses yeux restent fermés... Il a encore le goût de son sexe dans la bouche. Il la regarde revenir vers lui... Ce n'est que le début de la nuit, les bougies éclairent toujours la pièce, les bulles du champagne n'attendent que leurs lèvres...

Le lendemain, il lui écrit :
« Objet : nos nuits sont plus belles que nos jours

Les bougies qui enflamment tes pupilles, le bruit du lave-vaisselle qui rythme nos ébats, Le Blues du businessman *qui fait balancer tes hanches, le parquet froid si proche de ton ventre si chaud, l'eau qui pique nos langues asséchées, et toujours ton souffle, ton odeur et tes cris qui ravissent mon âme d'enfant... Je n'oublierai pas une goutte de ces moments bénis.*

J'ai navigué entre un rêve éveillé et un rêve endormi. J'ai navigué entre la lune et le soleil à l'aube. J'ai flotté sur ta peau, agonisé au coin de tes lèvres, sombré au creux de tes reins.

J'ai connu deux nuits d'enfant gâté. »

Et il y a de nouveau l'absence.

Elle part au ski, sans lui. Il part à Londres, sans elle. Cinq jours l'un sans l'autre. Elle a quitté ses bras il y a seulement quelques heures, et elle imagine ces jours à venir, des jours perdus.

« Je sombre.

Je ne peux pas imaginer que tu vas rentrer chez moi, ouvrir ma porte, récupérer tes affaires et t'en aller, comme si ces moments n'avaient jamais existé.

Je ne peux pas imaginer que tu ne seras pas dans mes bras ce soir, ni demain, ni jeudi, ni vendredi, ni samedi, ni dimanche, ni...

Je ne peux pas vivre sans l'espoir de sentir ton corps nu contre mon corps. Je ne peux pas expliquer autour de moi pourquoi j'ai les yeux embués. Je ne sais ni quoi faire, ni quoi dire, ni où trouver une baguette magique qui envoie valser ces barrières qui m'étouffent...

Je suis juste triste à en mourir. »

Leur vie est comme ça. Belle, triste, avec des moments de bonheur exacerbé et des minutes de désespoir… Ils les paient si cher, ces moments volés. Elle est lasse. Elle commence à ne plus y croire, il lui demande d'y croire encore.

Mars se termine. Avril avance. Ils ont leurs premières disputes. Fugaces. Ils ne voient toujours pas d'issue. Il y a des hauts, si hauts, et des bas, si profonds.

Elle veut que tout cela cesse, elle veut qu'ils partent. Elle veut quitter son homme. Lui veut quitter sa femme. Il est terrorisé à l'idée de perdre sa fille. Il est sûr que sa femme rentrera chez elle, à New York, à des milliers de kilomètres. Il est sûr qu'elle emmènera sa fille, qu'il ne la verra plus ou si peu. Il est déchiré entre deux amours, les deux amours de sa vie, aussi forts l'un que l'autre, deux amours dont il a besoin pour vivre. Il sait qu'il devra choisir. Et le choix est insupportable.

Alors, ils enterrent leurs angoisses, leurs peurs, et continuent cette vie. Tout accepter plutôt que se quitter.

24.

Il reçoit :
« On ne t'a jamais dit que tu avais un charme fou...
un regard irrésistible,
un sourire indescriptible,
une douceur...
On ne t'a jamais dit que tu étais si touchant,
si émouvant,
si chamboulant,
on ne t'a jamais dit que voter Bayrou était un défaut,
et que les gens parfaits étaient lassants,
on ne t'a jamais dit que tu étais intelligent,
que parler avec toi fait oublier les heures qui passent.
Que t'embrasser fait oublier le temps, le monde, le reste,
on ne t'a jamais dit que tu écrivais si bien l'amour,
que tes mots rendent la vie si belle,
que ta présence suffit à être heureux,
on ne t'a jamais dit que tu avais un sale caractère,
si charmant,

on ne t'a jamais dit que te regarder donnait juste envie de t'aimer,

que te sentir donnait juste envie de te faire l'amour,

je ne t'ai jamais dit que tu étais juste la seule envie de ma vie...

J'étais pourtant sûre de t'avoir déjà dit tout ça. »

Non, on ne le lui avait jamais dit.

25.

L'idée est dans leurs têtes depuis des semaines. Partir, deux jours, loin de chez eux, de cette cour, de ces fenêtres qu'ils ne cessent de frôler pour apercevoir l'autre, en bas. Ils ont déjà passé tellement d'heures à guetter le moment où la lumière s'éteint, le moment où la lumière s'allume, pour savoir quand l'autre se couche, quand l'autre se lève.

Partir pour ne pas vivre un week-end de plus où ils vont encore organiser un dîner avec son homme, avec sa femme, un dîner où ils peuvent se voir et se parler, mais un dîner où ils doivent faire attention à chaque geste, à chaque regard qui pourrait laisser transparaître le désir, la tendresse, la complicité, l'amour qui les lie. Un dîner où ils vont encore s'embrasser dans le cellier, où ils vont descendre faire l'amour, assoiffés, dans la chambre du fond pendant que les autres profitent des premières douceurs du printemps en prenant l'apéro dehors.

Leur vie est comme ça. Partagée. Il y a la semaine, où ils sont seuls, où ils sont libres. Et il y a les week-ends, insupportables, où elle le voit passer avec sa femme et sa fille quand ils partent faire le marché, où il la voit rentrer avec son homme et descendre se coucher. Ces week-ends, ils sont parfois obligés de faire l'amour avec d'autres alors qu'ils ne veulent faire l'amour qu'ensemble. Ces week-ends où ils inventent tout et n'importe quoi pour se voir, où elle monte lui apporter un citron, où il descend chercher une ampoule… Ces week-ends surtout où ils ne cessent d'organiser des fêtes et des soirées pour être ensemble, même s'ils doivent partager. C'est dans ces moments-là qu'ils plongent le plus dans cette double vie, qu'ils se rendent compte qu'aux yeux du monde, ils sont avant tout voisins et amis. Même s'ils sont de plus en plus nombreux, autour d'eux, à avoir des doutes.

Ils n'ont plus de limite. Ils sont prêts à aller toujours plus loin dans le mensonge pour gagner encore un peu de temps sur le reste.

Elle reçoit :

« Pour te donner une idée des progrès que j'ai faits en la matière :

Je pars à Méribel pour un week-end de ski d'été organisé par le cabinet (le pire, c'est que cela leur arrive d'en organiser…).

Une place s'est libérée au dernier moment, je pars avec un collègue-ami que ma femme ne connaît que de nom. Je prends le train vendredi à 19 heures, et je rentre dimanche à 22 h 30.

Réponse de ma femme : tu m'emmènes ? (C'est la première fois qu'elle veut venir au ski.) Réponse à la réponse : malheureusement, je crois qu'il n'y a qu'une place... (là, la mauvaise conscience surgit.)

Liste des choses à faire et à ne pas faire ce week-end :
— partir avec mes chaussures de ski
— mettre de l'autobronzant sur le visage
— ne pas bronzer en maillot de bain sur la plage
— ne pas téléphoner avec le bruit des vagues derrière
— faire l'amour doucement, longtemps, tout le temps... Ça laisse (presque) pas de trace.

Je m'impatiente de ta bouche. »

Ils ne partent pas au ski. La saison est terminée. Ils partent à Deauville, comme tous les amoureux qui marchent sur les planches main dans la main en regardant la mer au loin.

Ils en rêvent.

Ils n'arrivent pas à croire qu'ils vont passer deux jours et deux nuits ensemble. Ils ont déjà passé des nuits ensemble, jamais des jours, des jours entiers du petit déjeuner au soir tombé.

Ils sont sur la route, ils rient, ils parlent, ils sont incroyablement heureux. Ils sont doués pour le bonheur, ils ont cette capacité incroyable à oublier les problèmes qui pourraient leur gâcher la vie. Ils ont réservé une chambre dans un des palaces de la ville, perché sur la colline, face à la mer. Une chambre immense avec un lit immense. Ils ressemblent à un couple normal.

Presque. Il a une alliance, elle n'en a pas. Un couple illégitime. Ils sont pourtant jeunes pour être un couple illégitime.

Ils rient dans l'ascenseur quand la jeune femme de l'hôtel leur explique où est le golf, où sont les terrains de tennis, où est la piscine. Ils n'écoutent pas. Ils veulent juste être seuls. Elle sent qu'elle est de trop. Elle s'en va.

Ils font l'amour, dînent au bord de la mer. Dorment un peu, font l'amour. Ils se demandent comment ils peuvent faire autant l'amour. Il lui murmure à l'oreille la moindre caresse dont il rêve, le moindre mot qui la rend folle. Elle profite de lui, de sa présence, de sa voix, de pouvoir lui tenir la main en entrant dans le restaurant. Elle se shoote et enregistre chaque instant pour se souvenir ; au cas où un jour il décide de partir.

Ils ne dorment pas beaucoup. Pourquoi dormir alors qu'ils sont ensemble, pourquoi perdre des heures si précieuses, si rares. Le soleil se lève, ils regardent la mer, elle saute sur le lit, elle saute sur lui, elle rit, elle transpire la joie de vivre. Ils se forcent à sortir de leur chambre pour aller voir la mer, déjeuner sur le sable, marcher les pieds dans l'eau… Ils se forcent à acheter un journal.

Ils rentrent à l'hôtel. Ils n'ont pas fait l'amour depuis des heures.

Ils sont beaux. Elle met sa jupe blanche qui valse avec le vent, ses talons hauts, un pull noir qui laisse deviner la naissance de ses seins. Il est beau. Ils descendent au bar, commandent une coupe de champagne. Il doit appeler sa femme, elle doit appeler son homme, le prix à payer pour deux jours de liberté. Ils appellent en même temps. Ils pourraient presque s'entendre à l'autre bout du fil. Sa femme est avec son homme, ils préparent un barbecue dans la cour de l'immeuble. Ils en rient. Il y a des situations drôles presque malgré elles...

Ils descendent au restaurant, il y a du caviar, de la vodka, des musiciens russes, des bougies, une immense salle de vieux palace illuminée, et un piano...

La salle s'est vidée, ils sont seuls, quelques serveurs dans un coin. Elle prend sa coupe de champagne à la main, il l'entraîne vers le piano, il commence à jouer, elle le regarde, ses lèvres trempent dans les bulles, ses yeux ne le lâchent pas, les notes du piano s'envolent, ils savent que c'est une scène de film, ils trouvent la vie magique, même si elle ressemble à un cliché de cinéma, lui devant son piano, elle devant lui...

Ils remontent dans leur chambre, il commence à lui faire l'amour dans le couloir, continue dans l'entrée, l'allonge sur le lit, enlève sa jupe, sa culotte, la contemple, commence à la caresser, pose sa tête sur son ventre, et s'endort.

Elle le regardera dormir longtemps, son visage d'enfant paisible posé sur son ventre.

Elle l'aime comme jamais elle n'a aimé.

Le lendemain, ils quitteront leur chambre le plus tard possible. Ils savent que l'heure du retour approche, la fin d'un rêve éveillé. Ils partiront pour Étretat. Ils se perdront dans les forêts qui surplombent les falaises, ils feront l'amour au milieu des champs, face à la mer, avec pour seuls voisins les herbes qui plient sous le vent et les vaches. Ils dîneront dans une crêperie en essayant d'oublier l'heure qui passe. Ils prendront la route tard, ne parleront pas beaucoup. Elle le déposera devant le porche, sans un mot. Il essaiera de l'embrasser, elle tournera la tête pour cacher ses larmes. Elle ira garer la voiture seule, elle rentrera, les fenêtres du deuxième seront déjà éteintes, elle sentira qu'il la guette, dans le noir. Elle se couchera à côté de son homme. Ses larmes n'auront pas fini de couler. Ils les paient si cher, ces moments volés.

Le lendemain, il lui écrira :

« J'ai dans ma peau, dans mon sang, dans ma tête le souvenir de chaque minute de ces deux jours de paradis. Je vois encore le bleu du ciel à travers la fenêtre, le vert du champ d'Étretat, la blancheur de ta jupe. Je touche encore la douce rondeur de ton ventre et la douce chaleur de ta langue. Je goûte encore ta salive mêlée à la mienne. Je sens encore ton odeur sur le bout de mes doigts. J'entends encore ton souffle et tes cris lorsque tu t'abandonnes.

J'ai passé 54 heures à côté de toi, à tous les instants effaré par ta gaieté intenable, ta prodigalité inassouvie, l'avidité de tes sens, la puissance de tes sentiments.

Et tout ce que je sens est mille fois supérieur à ce que je viens d'écrire en 6 minutes. »

Nous sommes le 4 mai.

26.

La vie continue. Elle se dit qu'elle ne va pas tenir longtemps. Elle commence à se fixer des ultimatums, sans être sûre de pouvoir les tenir. Elle se dit qu'elle tiendra six mois, pas plus. Le 23 août donc, elle tranchera. C'est encore assez loin pour la laisser vivre. Tant de choses peuvent changer d'ici là.

Juin approche. Son contrat se termine à la fin du mois. Elle se demande ce qu'elle va faire de sa vie. Il la pousse à entrer en politique, il s'imagine en mari de ministre, il a juste peur qu'une fois dans l'arène elle n'ait plus de temps pour lui. Alors, il lui dit d'attendre dix ans avant de s'engager, pour qu'il puisse profiter d'elle pendant une décennie, il est sûr qu'elle sera encore magnifique dans dix ans, qu'il aura toujours autant envie d'elle dans dix ans. Après, il voudrait bien qu'elle soit ministre.

Ils se sont tellement éloignés de leur boulot qu'ils ont du mal à se trouver une place. Il voudrait changer aussi. Il commence à chercher à droite à gauche. Ce n'est pas avec sa femme qu'il fait ses projets d'avenir, ce n'est pas avec sa femme qu'il parle de ses doutes, de ses envies. C'est avec elle. C'est à elle qu'il annonce qu'il a un premier rendez-vous dans un cabinet d'avocats où il rêve de travailler. C'est elle qui est heureuse, qui le pousse, qui lui demande juste s'il pourra changer de boîte et de femme en même temps. Il lui répond qu'il peut quitter sa femme, son job, son appart, ses amis et même arrêter le vin rouge s'il le faut.

C'est à elle qu'il annonce qu'il démissionne, qu'il est embauché ailleurs. Elle est heureuse pour lui, triste pour elle. Elle sait que leur vie va changer. Qu'il ne pourra plus s'absenter des après-midi entiers, qu'il va falloir trouver d'autres moments pour se voir, que cela va être plus compliqué…

Ils se retrouvent à une terrasse de café pour fêter ça, elle lui demande si, quand il était petit, sa maman lui offrait un cadeau quand il avait une bonne note. Non, sa maman ne lui offrait pas de cadeau. Elle cache ses yeux de sa main, pose un paquet sur la table. Chez elle, les bonnes notes ne sont que des prétextes à faire plaisir à l'autre. Il lui demande comment elle fait pour rendre la vie si belle…

Le lendemain, il lui écrit :
« *Tu m'enchantes, au sens propre du mot.* »
Elle cherche un dictionnaire, cherche le sens propre du mot « enchanter ».
Elle trouve : « Agir sur quelqu'un par des procédés magiques, des incantations. Ensorceler. »

Ils continuent à passer leurs nuits ensemble, quand ils peuvent.

« De 19 heures à 10 heures du matin, ça fait 15 heures ensemble, soit 900 minutes pour épuiser nos ressources de plaisir. Est-ce assez, compte tenu qu'il faut :

— que l'on boive de l'eau qui pique

— que l'on mange du chocolat

— que tu glousses

— que tu me racontes les déboires sexuels de tes copines

— que je te raconte ma vie

— que je m'endorme sur la peau douce de tes seins ? »

Il lui parle d'érotisme…

Elle lui demande : « C'est quoi, l'érotisme ? »

Il lui répond : « L'érotisme, c'est toi et moi… »

Et il y a les nuits qu'ils ne passent pas ensemble.

Elle sent l'urgence. Elle sait que la situation ne peut pas durer. Elle sait qu'il va choisir sa fille, sa femme, son mariage, la tranquillité, la sécurité, la société. Elle sent qu'il n'aura pas la force de tout envoyer valser. D'imaginer une autre vie.

Elle se souvient d'un soir, c'était il y a longtemps déjà, ils rentraient en voiture, elle lui avait dit en riant : « Mais moi, je sais comment ça va se finir. Tu vas rester tranquillement avec ta femme et ta fille dans ton joli appartement. Et moi, je vais tout perdre. » Il lui avait demandé pourquoi elle disait ça, les yeux embués. Elle disait ça parce qu'elle ne croyait pas aux contes de fées.

Même s'ils parlent toujours de leurs lendemains, de leur vie ensemble, de leur appartement tout blanc. Elle en parle plus que lui, il en parle quand même.

Il écrit :
« Je t'ai envoyé dix mails. Sans réponse.
Tu joues aux cartes ?
Tu penses à moi ?
Tu enquêtes sur le divorce ?
Tu es en colère ?
Tu t'ennuies ?
Tu téléphones à Arlette Chabot ?
Moi, je travaille en pensant à tes baisers de ce matin. »

Toujours pas de réponse.

Nouveau mail.
« Non, j'ai trouvé ce que tu es en train de faire. Tu fais le tour des agences immobilières... »

Elle répond :
« Je commence par quel arrondissement ? »

Il répond :
« Le 6ᵉ, dans les petites rues entre la place Saint-Sulpice et la rue de Vaugirard, où dans le 5ᵉ, rue de Bièvre. Si possible, un grand appartement clair et calme... Mais si tu trouves un duplex avec terrasse sans vis-à-vis autour du jardin du Palais-Royal pour moins de 400 000 euros, je prends aussi... »

Quelques jours plus tard, ils sont dans la voiture, elle lui demande : « Alors, on déménage quand ? » Il lui répond : « Pourquoi tu ne me demandes pas plutôt quand est-ce que j'abandonne ma fille ? »

Elle le laisse au métro Porte Maillot sans un mot. Elle a mal. Elle arrive au bureau, son téléphone sonne déjà. Elle ne répond pas. Ne répond pas aux mails. Pas plus aux textos. Ne répond à rien, à personne. Elle a juste besoin d'un peu de temps pour encaisser le coup.

Elle reçoit :
« Objet : je sais
Je sais que tu n'as pas envie de m'écrire.
Je sais que tu trouves notre situation absurde, frustrante, intenable.
Je sais que l'on ne peut pas se contenter de 40 minutes d'amour et de 10 textos par jour.
Je sais que l'idée de se voir furtivement pendant ce week-end qui s'annonce est tout simplement insupportable.
Je sais tout ça et je ne sais quoi te répondre...
Sinon que j'ai 28 ans et que j'ai peur de ce qui m'arrive.
Sinon que tu as bouleversé ma vie au point de ne plus me sentir exister.
Sinon que tu me manques atrocement. »

Elle ne répond toujours pas.

Elle reçoit :
« Objet : AU SECOURS

Je sais aussi que tu ne vas pas me répondre...
ET QUE C'EST PAS POSSIBLE. »

Nous sommes le 22 avril.

27.

Le week-end a été un enfer. Ils devaient se voir. Ils ne se sont pas vus. Elle a attendu. Un texto, un coup de fil. Désespérément. Elle l'a vu partir au cinéma avec sa femme. Elle les a regardés passer, terrée dans son canapé.

Le lundi matin, elle arrive au bureau en miettes. Elle ne veut parler à personne. Le monde comprend qu'il vaut mieux la laisser. Elle est à bout.

Il appelle. Elle entend la sonnerie du téléphone, incessante. Elle ne veut pas lui parler, elle ne veut plus lui parler, elle le déteste. Elle a mal, encore. Elle ne veut plus rien.

Elle veut que cela cesse. Que cette souffrance s'arrête. Ils ne se sont plus quittés depuis cet après-midi où il a tant pleuré. C'est déjà si loin.

Il écrit :

« Objet : début de semaine
On prolonge l'enfer du week-end ou on y met fin ? »

Elle répond qu'elle ne met pas fin à l'enfer du week-end, qu'elle met fin à leur histoire. Parce que cette histoire est devenue un enfer. Elle met fin à l'enfer.

Il répond :
« Pars, puisque je suis incapable de partir et que tu es incapable de rester.

Le 23 février, j'ai embrassé tes lèvres en sachant qu'au bout de ce baiser il y aurait la douleur des deux côtés. Et puis, tous les autres baisers, tous les autres moments de bonheur m'ont fait tout oublier.

Tu as éveillé en moi des sentiments trop forts pour que je puisse t'oublier,

trop confus pour que je puisse quitter ma famille aujourd'hui.

Pardonne-moi. »

Ils ne s'appellent pas de la journée, ils ne s'écrivent pas de la soirée.

Ils ne vivent pas non plus. Ils passent chaque minute à penser à l'autre, à se dire que la douleur est insoutenable, que la sensation de vide est insupportable, physiquement insupportable. Ils ne dorment pas beaucoup cette nuit-là.

Le lendemain matin, ils se croisent sur le trottoir. Ils se jettent l'un sur l'autre. Ils se disent qu'il est vain d'essayer de lutter.

Ils partent prendre leur petit déjeuner avenue de la Grande-Armée.

Quelques heures plus tard, elle lui écrit :
« Tu m'as ensorcelée.

Je suis incapable de te voir sans te prendre dans mes bras, sans te serrer à t'étouffer, sans t'embrasser à en perdre haleine, sans passer ma main dans tes cheveux.

Je ne respire que lorsque je te retrouve enfin. Comme si je vivais en apnée et que, tout à coup, on me shootait en me mettant sous oxygène.

La vie avec toi est tellement douce, tellement belle, tellement tout.

Je suis encore plus incapable de partir que de rester. »

Il lui répond :

« Objet : ça va tellement mieux...

Je ne pense qu'à toi, à l'infinie tendresse de tes baisers, à ta jupe relevée sur le haut de tes cuisses... J'ai l'impression de ne pas t'avoir fait l'amour depuis un mois... »

Nous sommes le 11 mai.

28.

Les saisons changent, leur vie ne change pas. Ils continuent de se voir furtivement, il passe toujours ses soirées chez elle. Elle garde souvent sa fille. Elle aime cette enfant bien plus que de raison, c'est la fille de l'homme qu'elle aime, elle l'aime comme si elle était lui. Elle la garde des jours et des après-midi entiers. Quelque chose les lie, elle découvre qu'elle serait une maman formidable, qu'elle a une patience d'ange, elle qui était si sûre de ne pas en avoir.

Ils se voient toujours le week-end, partent faire les courses ensemble quand un brunch improvisé rassemble la copropriété, ils en profitent pour s'embrasser sous tous les porches du quartier.

Ils ne vivent qu'en rêvant aux absences des autres, qui leur permettent de grignoter quelques nuits sur la vie.

La fin du mois de mai arrive, elle va arrêter de travailler, va venir le temps des vacances qu'ils ne passeront pas ensemble. Lui va bientôt commencer son nouveau job, elle va bientôt ne plus avoir de bureau où s'échapper. Elle sent la fin d'une époque approcher, son envie de tout plaquer n'a jamais été aussi forte, lui n'a jamais autant hésité.

Elle écrit :
« 1 – Tu changes de boulot quand ?
2 – Tu prends ta carte à l'UMP quand ?
3 – Tu déménages quand ?
4 – Tu m'épouses quand ?
5 – Je t'adore. »

Il répond :
« 1 – Dans le courant du mois de juin.
2 – Jamais (je préfère encore m'encarter au PS).
3 – Quand je trouverai un appartement autour du Palais-Royal avec terrasse et chambres insonorisées.
4 – Un jour (c'est pas encore fixé).
5 – Ah bon ? »

Son anniversaire approche, elle se demande ce qu'elle pourrait lui offrir, quelque chose qu'il puisse rapporter chez lui. Elle choisit des livres. Elle passe des heures dans les librairies spécialisées en droit de l'environnement, puisque c'est désormais dans ce domaine qu'il veut se spécialiser, elle réserve une table sur l'une des plus belles terrasses de Paris, face à la tour Eiffel. Officiellement, il est en déplacement le soir de son anniversaire ; officiellement, elle est partie en week-end chez des amis.

Ils se retrouvent dans un café, croisent des amis à lui… Ils savent déjà. Tant de monde sait maintenant. Ils partent dîner. Ils se voient depuis trois mois, et rien n'a changé. Ils sont toujours éblouis. Ils finissent la nuit dans une chambre du Lutetia. Les histoires secrètes sont toujours romantiques.

Ils passent une nuit de plus à faire l'amour dans les premières chaleurs de l'été.

Une nuit qui leur donne un avant-goût de ce qui les attend pendant des nuits. Son homme est encore parti à l'autre bout du monde, sa femme en vacances aux États-Unis. Ils ont huit jours devant eux. Huit jours et huit nuits où rien ni personne ne pourra les troubler. Une éternité.

Ils profitent de ces moments rêvés, comme s'ils sentaient qu'après plus rien n'allait être comme avant. Avec un arrière-goût de désespoir. Ils se jettent à corps perdu dans cette semaine de vie illusoire… Après viendront les temps difficiles, le temps des disputes, le temps des rancœurs, des regrets, des reproches. Ne surtout pas y penser. Oublier la réalité.

Pendant huit jours, ils vivent ensemble, tous les trois, lui, elle et la petite, huit jours d'une vie idéale qu'ils avaient tant de fois imaginée. Elle cuisine des petits plats, il se met au piano, elle raconte des histoires à cette môme qui ne la lâche pas. Il les regarde rire, les deux femmes de sa vie. Elle leur fait découvrir les tians de légumes qu'on fait chez elle, dans le Sud, il découvre que sa fille aime les aubergines, elle les lui apporte dans leur lit le matin, dans ces draps encore imbibés d'une nouvelle nuit d'amour.

Ils prennent une baby-sitter pour passer la soirée chez des amis, vont se coucher en gloussant sur la pointe des pieds pour ne pas la réveiller. Ils oublient que tout cela ne va pas durer. Ils y croient. Ils ont enfin une vie normale.

Il écrit :
« Pourquoi nos lèvres s'assemblent-elles si facilement ?
Pourquoi nous faire l'amour nous semble-t-il si naturel et si vital ?
Pourquoi toucher ta peau est-il mon unique objectif ?
Pourquoi connais-tu si bien mes désirs ?
Pourquoi te faire jouir me ravit autant ?

Pourquoi la tendresse ne tarit-elle pas ?

Comment toutes ces couches de complicité naturelle se sont-elles empilées en 90 jours jusqu'à nous recouvrir ? »

La semaine passe trop vite. Sa femme est inquiète. Elle appelle souvent, trop souvent. Elle envoie des mails où elle écrit qu'elle ne va pas bien. Elle sent enfin que son mari est en train de s'éloigner, qu'il est ailleurs.

Il s'en fout, elle aussi. Ils veulent juste profiter de ces huit jours qui n'appartiennent qu'à eux. Sa femme doit rentrer le dimanche. Le samedi soir, ils sont invités à dîner chez des amis. Ils arrivent main dans la main, un truc tellement banal pour les autres, tellement extraordinaire pour eux. Ils ne se lâchent pas, jouent au tarot, se chamaillent, ne pensent pas, ne veulent surtout pas penser sinon ils savent qu'ils vont se mettre à pleurer, à hurler, ils comptent les heures, intérieurement, sans rien dire à l'autre qui compte les heures de son côté, sans pouvoir empêcher le temps de tourner. Ils voudraient arrêter toutes les horloges de Paris. Il est 1 heure du matin. Ils partent à une soirée, les heures continuent de filer à une vitesse qui donne le vertige. Il est 4 heures du matin. Sa femme arrive à 7 heures. Ils rentrent à la maison, n'échangent pas un mot sur le chemin du retour. Il n'y a rien à dire.

Ils dorment ensemble depuis huit nuits. Elle veut qu'il reste encore, elle veut profiter de ces quelques heures qu'il leur reste. Il préfère monter. Dormir seul. Se préparer à retrouver sa vie d'avant.

Elle reste au rez-de-chaussée, il monte au deuxième. Ils ne dormiront pas. Chacun de leur côté.

Quelques heures plus tard, elle entendra sa femme rentrer. Elle ne l'entendra pas dire à son mari qu'elle sent que quelque chose ne va pas, elle ne l'entendra pas dire à son mari qu'elle voulait revenir un jour plus tôt. Elle ne l'entendra pas expliquer qu'elle ne l'a pas fait parce qu'elle était sûre de trouver la fille d'en bas dans son lit.

Elle ne l'entendra pas ne rien répondre, exténué de mentir.

Elle n'entendra pas l'orage passer. Elle n'entendra rien. Elle pleure.

Une page se tourne.

Nous sommes le 11 juin.

29

Rien n'est écrit. Rien n'est dit. Rien n'est évident. Et pourtant, c'est sans doute ici qu'ils commencent à se quitter.

D'abord parce que leur vie va changer, que les changements de leur vie vont les séparer. Peut-être aussi parce qu'ils sont fatigués.

Il est de nouveau chez elle pour quelques jours. Officiellement, il est à Grenoble, pour le boulot. Depuis des mois, la chance est avec eux, personne ne les a vus. Ceux qui les ont vus se sont tus.

Ce jour-là, c'est la nounou de sa fille qui les voit. Et elle ne se tait pas. C'est même la première chose qu'elle dit à sa femme quand elle rentre le soir. Elle lui dit juste, d'un ton anodin, qu'elle a vu son mari dans l'après-midi sortir de chez la voisine.

Ils entendent le portable vibrer au rez-de-chaussée, vibrer encore.

Ils sont au sous-sol. Il pense à tout sauf à son portable qui sonne au loin. Ils jouissent, il la traite de sorcière avec un sourire amoureux, ils reviennent sur terre, il se souvient vaguement qu'il a entendu son portable, peut-être plusieurs fois.

L'écran affiche treize appels en absence. Et des messages. Messages d'une femme paniquée, qui prend la vérité en pleine figure. Message d'une femme qui veut enfin savoir ce qu'elle pressent depuis des mois. Message d'une femme blessée qui annonce que s'il ne la rappelle pas, elle descendra chercher les réponses à ses questions chez la fille d'en bas.

Ils sont en bas. Elle monte doucement fermer la porte à clé, au cas où. Il est assis sur le lit, la tête entre ses mains, il ne sait plus quoi faire. Il n'a plus la force de la rappeler, pas la force de lui mentir. Il est presque prêt à tout lui dire. Elle a peur qu'il le fasse, non pas pour quitter sa femme, mais pour la quitter, elle. Pour ne plus avoir le choix. Une fuite en avant, que les autres décident pour lui puisque lui est incapable de décider. Elle a pourtant rêvé de ce moment, mais elle panique. Elle a toujours su qu'ils arrêteraient de se voir quand il serait obligé de choisir. Alors elle lui conseille d'attendre, de mentir encore une fois. Il va l'écouter. Elle n'a pas gagné la guerre, mais elle a gagné un peu de répit.

Il rappelle sa femme, lui raconte une histoire abracadabrante de train manqué, de clés perdues, de coup de téléphone à passer. Une histoire incroyable qu'elle ne demande qu'à croire. Elle lui murmure quand même qu'elle le trouve changé, qu'elle le sent s'éloigner. Il lui accorde qu'il est un peu ailleurs en ce moment, que tout n'est pas parfait dans leur couple, qu'ils font si peu l'amour. Elle pleure, il la rassure à moitié. L'orage est passé.

Ils resteront cloîtrés toute la soirée.

Le lendemain, ils sortent du ciné. Ils sont allés voir *Mariage !*, ça ne s'invente pas. Il a ri sur ces couples qui restent ensemble sans s'aimer, sur ces couples qui choisissent la facilité. Il n'a pas ri quand une maîtresse fatiguée explique à son amant qu'il faut du courage pour être heureux.

C'est pour cela qu'il décide de la quitter, elle. Il choisit de rester avec sa femme qu'il dit ne plus aimer. Pour sa fille. Entre autres, se dit-elle, par facilité.

Pour la première fois, c'est lui qui la quitte. C'est la seule différence avec leurs premières tentatives échouées. Ils passeront le week-end ensemble, en bons amis puisque son homme et sa femme ont organisé un barbecue sans leur en parler. Ils passeront le week-end à se regarder.

Elle ira le chercher au bureau le lundi après-midi. Ils passeront l'après-midi à faire l'amour en riant de leur incapacité à se quitter.

Ce n'était qu'une rupture de plus.

30.

Rien ne change, et pourtant elle sent qu'il change. Que la chance commence enfin à basculer de son côté. Il se met à rêver à voix haute d'une vie avec elle. Elle se surprend à croire que c'est peut-être possible, que finalement, contre toute attente, il va peut-être vraiment quitter sa vie d'aujourd'hui, pour en construire une autre, plus belle, avec elle. Sa femme a démissionné. Elle veut monter sa boîte conseil. Il lui explique que c'est peut-être une chance, que si elle le fait, elle ne partira pas avec sa fille s'il la quitte. Il lui demande d'être patiente, d'attendre la fin du mois d'août.

Pour la première fois, il lui dit qu'il va quitter sa femme, il lui dit que dans cinq ans il s'imagine avec elle, avec un enfant d'elle… Elle se dit qu'il ne faut surtout pas y croire. Elle veut tellement y croire.

Le mois de juillet est beau, la ville est belle, c'est le temps des vacances. Ils ont tout fait pour ne pas partir. Elle a prétexté le besoin de chercher du travail, lui l'impossibilité de poser des jours dans son nouveau cabinet. Ils ont réussi à limiter les dégâts. Elle part bien quelques jours à Londres avec son homme. Quelques jours interminables. Ils passent leur temps à s'appeler, à s'envoyer des textos. Il part quelques jours dans le Sud-Ouest avec sa femme. Ils s'appellent encore et toujours, se disputent souvent. Ils ont toujours du mal à supporter la distance.

Elle recommence à travailler à la fin du mois de juillet. Elle peut de nouveau inventer des absences, lui continue d'inventer ses déplacements. Ils découvrent le charme de petits hôtels parisiens nichés dans les alentours du jardin du Luxembourg qui abritent la moiteur de leurs nuits d'amour. Ils font toujours autant l'amour, ils découvrent des terrasses cachées où il fait bon dîner avec son amoureux. Elle est nue sous ses jupes, juste pour qu'il puisse la caresser n'importe où.

Ils se retrouvent de plus en plus le week-end. Ils squattent l'appartement déserté de ses parents partis passer l'été au bord de la mer, ils font la sieste dans la chambre qu'il occupait quand il était enfant. Ils s'appellent douze fois par jour. Les apéros dans la cour de l'immeuble s'éternisent chaque soir, ils n'arrivent pas à aller se coucher, n'arrivent pas à se séparer.

Ils jouent au tennis, profitent de l'été. Ils errent main dans la main dans les rues de Paris. Jouissent sur les bancs publics.

Le mois de juillet se passe, le mois d'août avance. Bientôt six mois. Il lui avait demandé d'attendre la fin du mois d'août, elle voit l'échéance approcher, sent l'angoisse monter. Parfois, elle est sûre qu'il va la suivre ; parfois, elle est certaine qu'il va rester. Et elle craque.

Elle ne se souvient plus très bien pourquoi.

Elle se souvient que tout allait bien, qu'ils s'envoyaient des mails amoureux depuis le matin. Elle se souvient que, petit à petit, elle a cherché l'affrontement, la dispute, volontairement. Que les mails sont devenus de moins en moins doux, de plus en plus amers. Elle lui a écrit qu'elle avait envie de lui. Qu'elle ne voulait plus faire l'amour en catimini. Elle se souvient qu'elle devait passer le chercher au bureau, pour le ramener chez lui. Qu'elle lui a dit d'aller se faire foutre, qu'il n'avait qu'à prendre le métro, qu'il n'avait qu'à annuler le tennis, qu'il n'avait qu'à annuler leur vie. Elle se souvient qu'elle le haïssait. Qu'elle avait envie de le frapper. Qu'elle sentait six mois de violence contenue exploser en elle.

Il lui a répondu :
« Ça fait six mois que je t'aime. Six mois que je me bats pour ne pas te quitter, parce que je t'aime. Six mois que je ne peux pas quitter ma fille. Je ne sais pas comment font les autres pères pour quitter leur enfant. Le 23 février dernier, je savais qu'on allait dans un mur. Depuis, j'ai vécu en essayant d'oublier qu'il y aurait ce mur. Et aujourd'hui, je ne peux pas. Je ne peux pas partir.
Alors pars, toi.
Je t'aime à en mourir. »

Elle n'a pas répondu. Elle n'a pas appelé.

Quelques heures plus tard, elle est chez elle. Son homme arrive. Et elle comprend que c'est la fin. Qu'elle va quitter les deux, le même jour. Qu'elle va se libérer, se retrouver, elle. Elle lui dit que ce n'est plus possible, qu'elle n'a plus envie de rien, qu'elle n'a plus envie de lui. Elle pleure de le voir pleurer, elle pleure sur quatre ans d'amour saccagés. Piétinés, balayés. Elle pleure sur cette histoire qui a été si belle. Sur leur mariage annulé, sur cet enfant désiré, si peu de temps désiré. Sur cette vie construite à deux qu'elle était en train de foutre en l'air pour rien. Elle lui dit qu'elle a besoin de réfléchir, de faire le point. Au fond, elle sait qu'il n'y a plus rien à dire, que c'est déjà trop tard. Elle sait qu'elle est cassée.

De ses deux hommes, elle n'en a plus aucun. Elle se met à pleurer sur cette vie si douce qu'elle n'a pas su préserver. Elle pleure d'avoir joué et d'avoir perdu. Elle pleure de lui faire du mal, à lui, cet homme parfait qu'elle a aimé, à qui elle n'a tellement rien à reprocher. Lui qui ne mérite tellement pas de souffrir. Lui si droit, si honnête. Lui qui ne peut tellement pas comprendre.

Il lui dit qu'elle était la femme de sa vie. Elle ne l'aime plus. Il serait si facile de rester, de le laisser la réconforter, oublier petit à petit cette histoire de fous qui n'a mené nulle part. Et pourtant, elle sait qu'elle va partir. Elle sait que cette fois, elle ne peut plus faire semblant, elle ne peut plus lui mentir. Elle n'a qu'un besoin, vital, urgent, le besoin de se reconstruire, d'arrêter de souffrir, souffler, respirer. Avant d'imaginer sa vie. Plus tard.

Cela fait juste six mois. Six mois. Et elle ne saura jamais pourquoi elle a craqué ce jour-là. Plutôt que la veille ou le lendemain. Elle a agi sans réfléchir, sans savoir vraiment pourquoi. Comme si elle avait atteint sa propre limite. Comme si elle ne pouvait plus supporter un jour de plus ce qu'elle supporte depuis six mois.

Son homme part prendre l'air.

Elle est dans la cour, le visage ravagé par les larmes, fumant clope sur clope, buvant verre sur verre. Elle le voit passer, tête baissée. Elle l'appelle, il s'approche. Elle lui dit qu'elle vient de quitter son homme, il lui dit qu'il le sentait, sans pouvoir expliquer pourquoi, qu'il sentait juste qu'il se passait quelque chose. Elle veut qu'il la prenne dans ses bras. Il ne bouge pas.

La vie est parfois si cruelle. C'est sans doute la première fois qu'elle a besoin de lui, c'est la première fois qu'elle lui dit qu'elle a besoin de lui. Et il ne bouge pas. Comme si de la voir souffrir lui montrait ce à quoi il a échappé de justesse. Comme s'il avait peur que cette souffrance soit contagieuse, comme s'il était soudain si sûr de ne pas vouloir vivre ça. Éviter à tout prix ces larmes qu'il voyait couler sur son visage. Il se rend compte, en la voyant à terre, qu'il a échappé au pire. Il pourrait presque soupirer de soulagement.

Il finit par s'approcher. La serre contre lui, malgré lui. Il lui dit que cette fois, c'est vraiment fini. Comme s'il voulait se convaincre. Comme s'il voulait l'éloigner, elle et son visage déchiré par la souffrance, par la peur, par la douleur. Il la prend dans ses bras, et il la laisse là. Il remonte chez lui, il a envie de courir pour sauver sa peau.

Elle reste seule à fumer clope sur clope, à boire verre sur verre. Elle n'a dans la tête qu'un trou noir, béant. Une peur panique de l'inconnu qui l'attend. Elle se dit qu'elle s'était donné six mois. Elle se connaît bien. Elle en crève.

Nous sommes le lundi 16 août.

31.

Ce n'est que le début de l'enfer.

Le lendemain, elle part juste avec quelques affaires. Elle s'installe chez des amis, respirer, faire le point, réfléchir à ce qu'elle va bien pouvoir faire de sa vie. Elle est anéantie, elle travaille sans vraiment penser à ce qu'elle fait. Elle gère l'urgence, tente de donner le change. À l'intérieur, elle est vide. Brisés, piétinés, ses rêves, ses émotions, ses sentiments, il ne reste rien.

Il ne faudra que quelques heures à son homme pour aller sur sa boîte mail à elle, pour trouver des messages de l'autre, pour comprendre la vraie raison de son départ. Pour comprendre que depuis six mois, la femme qu'il aime le trompe sous ses yeux, et qu'il n'a rien vu. Pour comprendre surtout que ce n'est pas une simple histoire de cul, mais une histoire d'amour. Une histoire qui s'est déroulée là, à côté de lui, sans qu'il bouge. Il a compris qu'il avait maintes fois senti sans avoir vraiment voulu savoir. Il se souvient de ces dizaines de fois où il l'avait vue recevoir des textos comme si de rien n'était, où il l'avait vue envoyer des textos en croyant ne pas être vue. Il n'avait rien dit, tellement sûr de se tromper. Il avait tellement voulu se tromper.

Il ne comprend pas. Elle savait qu'il ne pourrait pas comprendre que l'on ne contrôle pas tout, que certaines attirances balaient tout, qu'il y a des pulsions que l'on ne peut que subir. Sans pouvoir lutter.

Vient alors le temps des questions impossibles. Ces réponses dont il a besoin pour comprendre, et qu'elle ne peut pas lui donner sans le briser encore un peu plus, lui qui ne fait déjà que souffrir. Il lui demande ce que l'autre a de plus que lui. Comment expliquer l'inexplicable. Il lui demande si c'était mieux au lit. Comment comparer l'incomparable.

Il lui demande de leur donner une nouvelle chance, lui, l'homme blessé, trahi, encore prêt à pardonner. Lui, persuadé qu'ils peuvent encore reconstruire leur histoire, que ça va être compliqué, long, douloureux, mais qu'ils peuvent y arriver. Lui qui y croit encore, malgré tout. Et elle qui n'y croit plus.

Elle revoit son amour. Ses larmes sont à peine sèches qu'elle le revoit déjà. Sa femme est en Angleterre. Son homme est à terre. Et ils passent de nouveau leurs nuits ensemble, comme si une fois encore ils avaient cette capacité incroyable à oublier le reste du monde. Elle sait maintenant qu'il ne partira jamais. Elle est juste décidée à profiter de lui encore un peu, tant qu'il est encore à elle, tant qu'il est encore là. Elle est droguée. Incapable de s'éloigner, incapable de respecter les promesses qu'elle se fait à elle-même quand elle en crève. Elle sait qu'il ne mérite pas tant d'amour, elle sait que c'est lui qui devrait refuser de la voir, puisque c'est lui qui décide de vivre sa vie sans elle, elle sait qu'il est égoïste à en crever, que s'il l'aimait vraiment, il la quitterait, pour qu'elle puisse revivre. Sa femme doit rentrer le lendemain. Ils passent une dernière soirée ensemble, une dernière nuit. Ils ont acheté du champagne, du saumon, des bougies.

Le matin, elle se lève. Elle a tout à reconstruire. Il la laisse partir.

Sa femme rentrera quelques heures plus tard. Pendant trois jours, il ne parlera pas, incapable de prononcer le moindre mot. Muré dans sa souffrance. Elle apprend que la fille d'en bas a quitté son homme, les doutes l'obsèdent. Elle attend, il ne dit toujours rien. Il regarde par la fenêtre, les yeux dans le vague. Quelques jours passent. Elle sent, ne veut pas voir. Et elle descend. Elle parle à cet homme blessé qu'elle a connu comblé. Elle lui dit que son mari est muet depuis trois jours, qu'elle sent qu'il se passe quelque chose, lui demande s'il sait. Et il raconte. Tout. Il lui fait lire les mails où son mari écrit à une autre femme qu'il l'aime à en crever depuis six mois, que s'il n'y avait pas sa fille, il serait déjà parti. Elle lit ces mails où l'homme qu'elle a épousé il y a à peine deux ans dit à une autre femme combien il a envie d'elle, combien il a besoin de la voir, de la sentir, de la toucher. Au fond, elle sait qu'elle savait.

Ils passent l'après-midi ensemble, l'homme quitté et la femme trompée. L'après-midi à recouper les souvenirs, les week-ends où ils s'étaient retrouvés seuls, les mensonges qui sautent aux yeux, maintenant qu'ils savent. Ils passent l'après-midi à raconter leurs doutes, à cracher sur ces deux êtres qui les ont trompés, qu'ils ont aimés. À les haïr alors qu'au fond ils ont tellement peur de les voir partir.

Elle appelle son mari, lui dit qu'elle ne veut plus jamais le voir de sa vie. Elle lui dit qu'elle a pris deux billets sur le prochain vol pour New York. Il avait raison. Elle part avec sa fille.

Il écrit :
« Voilà, le monde s'est écroulé. »

Nous sommes le 24 août.

32.

L'enfer ne faiblit pas.

Les jours qui suivent ne sont que crises, larmes, coups de téléphone sans fin entre les uns et les autres, hystérie, pleurs et rancœurs. Sa femme n'est bien évidemment pas partie. Elle ne veut qu'une chose, garder son mari, le croire quand il lui a dit qu'il a perdu la tête, qu'il ne sait pas ce qu'il lui a pris.

Il lui jure qu'ils peuvent reconstruire, se retrouver, s'aimer, qu'au fond il l'a toujours aimée, lui qui disait ne plus l'aimer. Il est terrorisé à l'idée qu'elle s'en aille avec sa fille. Il est prêt à tout, à tout piétiner, tout renier. Et il renie.

Il donne le dernier coup de poignard à celle qu'il disait aimer, pour sauver sa peau. Sa femme est face à lui, elle le regarde, elle attend, il prend son téléphone, appelle celle qui était jusqu'à la semaine dernière sa maîtresse, et accessoirement l'amour de sa vie. Il lui dit qu'il regrette chaque minute passée dans ses bras. Elle est sûre que sa femme est à côté de lui, qu'elle écoute le moindre de ces mots. Elle se bouche les oreilles pour ne pas entendre, pour ne pas s'en souvenir, se répète que ce n'est pas vrai, qu'elle le sait, que rien ni personne ne pourra lui faire croire le contraire. Elle se bouche les oreilles pour ne pas mourir, pour oublier qu'il est prêt à la tuer pour sauver sa vie à lui.

Le lendemain, elle reçoit :
« Je n'oublierai jamais ce que l'on a vécu et ressenti.
Je n'oublierai jamais la force avec laquelle on s'est aimés.
Je ne t'oublierai jamais.
Je te souhaite une vie belle et douce, mon amour. »

Rien n'a plus d'importance.

Mais il va continuer. Au rythme des crises de son couple. Au rythme des vengeances de sa femme, écraser l'une pour rassurer l'autre. Elle se dit encore et toujours qu'elle s'en fout. Elle a mal. Elle squatte à droite à gauche, elle a peur de l'inconnu, de l'irréversible, elle n'a plus d'homme, elle n'a plus de job, plus d'appartement. Elle n'a même plus la force de paniquer. Elle reçoit un mail de plus, toujours ces regrets, amers, violents… mais qui ne durent jamais longtemps.

Le lendemain, elle reçoit :
« Le mail que je t'ai envoyé hier est insensé : tu es la plus belle chose qui me soit arrivée. »

Elle s'en fout. La seule chose qui compte, c'est qu'il l'a quittée. Elle essaie de penser à elle, et seulement à elle, et elle ne pense qu'à lui. Elle sait qu'il faut qu'elle se décide à aller vers cette nouvelle vie qui lui tend les bras, à vendre ce loft qu'elle a tellement aimé, à quitter définitivement son homme qu'elle a tant aimé. À quitter cette vie qu'elle connaît si bien pour une autre dont elle ignore tout. Elle a terriblement peur de se tromper.

Elle a rendez-vous avec son homme. Il veut qu'elle revienne. Ils passent la soirée ensemble.

Le lendemain, elle écrit :

« C'était donc ce jour-là. Elle faisait encore une fois sa valise. Elle l'avait fait tellement de fois ces dernières semaines. C'était devenu une mécanique. Quelques culottes, un livre, une jupe. Elle rangea quelques bricoles. Finalement, c'était peut-être vrai qu'elle était maniaque.

Elle était en retard. Elle s'approcha de la baie vitrée pour la fermer. Elle ne put s'empêcher de regarder là-haut, de regarder ces deux fenêtres qu'elle avait passé tant d'heures à observer, à épier, à guetter. Jusqu'à l'obsession.

Elle savait que ce matin-là n'était pas un matin anodin.

Elle se rappela ce qu'elle lui avait dit, c'était au tout début de leur histoire, ce temps où elle en riait encore. Elle lui avait dit :

"Mais moi, je sais comment cela va finir. Tu resteras tranquillement avec ta femme et ta fille dans ton bel appartement avec parquet et moulures, et moi je vais tout perdre"...

Il avait fait la moue.

Elle avait donc eu raison. Elle s'en voulait presque d'avoir dit ça à l'époque. Ça donnait à leur histoire un côté écrit d'avance, comme une évidence. Comme si elle avait finalement ressemblé à toutes les autres histoires... D'une banalité...

Elle regardait toujours par la fenêtre. La veille au soir, avec son homme, ils avaient essayé de recoller les morceaux... Il l'avait embrassée. Elle s'était laissé faire. Au moment où elle avait senti sa langue toucher ses lèvres, elle avait su que c'était trop tard. Qu'il n'y avait plus rien à sauver. Qu'elle allait partir.

Ils s'étaient couchés. Nus. Il avait eu envie d'elle. Elle n'avait pas eu envie de lui. Ce temps où elle faisait semblant était bel et bien révolu. Elle savait qu'il existait autre chose, ailleurs...

Son homme était parti, elle n'avait rien fait pour le retenir.

Alors, ce matin-là, elle savait que ce n'était pas un matin anodin. Elle attrapa son sac, ferma la porte, jeta un œil au courrier de la veille encore dans la boîte aux lettres. Juste une grande enveloppe des hôtels Barrière. Deauville... La vie vous fait parfois des clins d'œil...

Elle regarda en haut une dernière fois. Toujours rien. Elle monta dans sa Smart, mit son disque préféré. Pas Delerm ou je ne sais quel chanteur français... Non, un truc plus gai, un mélange de rap et de soul...
Elle démarra. Et elle se mit à pleurer. Enfin.

On met le loft en vente lundi.
Je t'embrasse. »

Nous sommes le 4 septembre.

33.

Il lit son mail le lendemain.

C'est un dimanche de septembre. Il vient d'arriver à son bureau. Tout, plutôt que de rester chez lui. Fuir cette femme qu'il ne veut pas voir, cette vie qu'il ne veut plus vivre.

Elle travaille aussi. Elle est à la machine à café en train de discuter quand son portable sonne. Elle entend juste des sanglots, quelqu'un qui n'arrive pas à parler. Elle comprend que c'est lui, lui qui n'arrive pas à se calmer, à respirer, à parler. Il lui dit que c'est un enfer, qu'il n'en peut plus, qu'il va quitter sa femme, qu'il ne peut pas vivre sans elle. Elle ne réagit pas. Elle les a tellement attendus, ces mots. Et ils arrivent quand elle ne les attend plus. Elle commençait à se faire à l'idée de construire une nouvelle vie sans lui.

Elle replonge au simple son de sa voix. Il en fait ce qu'il veut. Il la quitte, il la reprend, il la jette, il la rattrape d'un doigt. Elle dit oui. À tout et à n'importe quoi. Elle dit oui parce qu'elle est incapable de dire non, incapable de lui en vouloir de ses faiblesses, de son égoïsme, incapable de lui reprocher ses larmes, sa souffrance, cette impression d'être cassée.

Elle commençait à s'éloigner.

Ils parlent. Comme s'il ne s'était rien passé. Comme si rien ne pouvait tuer cette complicité. Ils parlent pour rattraper deux semaines de silence. Il l'aime comme un fou. Sa femme est occupée à éplucher les relevés bancaires pour savoir quand ils se voyaient, où ils se voyaient. Lui veut juste que ça s'arrête, il veut juste vivre avec elle.

Il lui dit qu'il va parler à sa femme, il ne sait pas quand, mais il va le faire. Il lui dit que ça lui fait mal de faire souffrir la mère de son enfant, qu'il sait qu'elle va partir, mais qu'il ne peut pas vivre dans ce simulacre de mariage où il n'y a plus d'amour, il se calme, recommence à pleurer, rit.

Il dit qu'il n'y a qu'elle pour le faire rire et pleurer en même temps.

Il dit surtout qu'il est prêt, qu'il le sait, qu'il le sent. Qu'il n'aura plus de regret. Il a tout fait pour sauver son mariage, tout tenté. Et il n'y arrive pas. Il ne peut pas. Il veut juste vivre avec elle, dormir dans ses bras, la voir sourire avec le jour, lui faire l'amour. Ce n'est qu'une question de jours.

Elle le croit.

Elle a tort.

34.

La mascarade dure deux semaines.

Deux semaines pendant lesquelles il lui dit chaque jour qu'il est en train de quitter sa femme. Il ne la quitte pas. Deux semaines pendant lesquelles, pour la première fois de leur histoire, il lui ment, il lui fait croire à un avenir auquel il ne croit pas lui-même. Au fond de lui, il sait déjà qu'il ne partira pas. Il a eu un moment de faiblesse, il n'a plus le courage de l'assumer, et il ne sait plus comment faire marche arrière. Il ne sait plus comment lui dire qu'il va une fois encore la quitter, encore une fois la faire pleurer, encore une fois la faire souffrir.

Un mauvais film de série B. Leur histoire devient sordide. Elle qui rêvait qu'elle soit belle jusqu'au bout.

Sa femme a compris. Elle a compris que son mari n'était plus amoureux d'elle, que sa fille était son assurance-mariage. Et elle est prête à tout.

C'est un samedi après-midi. Elle est au téléphone, devant son loft qu'elle a pu récupérer pour quelques jours, allongée dans une chaise longue. Elle profite des derniers rayons de soleil de septembre. Elle vient de faire l'amour avec lui, chez lui, sur son canapé. Il lui a encore une fois promis que tout allait s'arranger.

Sa femme est rentrée sans qu'elle la voie passer. Mais elle la voit descendre. Elle tient sa fille dans ses bras. Il suit, tête baissée.

Ils touchent le fond. Elle n'arrive même pas à réagir. Peut-être qu'au fond elle aussi voudrait que cela cesse. Elles vont donc décider pour lui. Quand sa femme commence à parler, elle leur dit juste de rentrer, effrayée à l'idée que les voisins puissent entendre.

Elle s'en voudra longtemps de ne pas les avoir mis dehors, de ne pas leur avoir dit de sortir de chez elle. Elle lui en voudra surtout à lui d'avoir accepté ça. Ils sont trois. Elle est seule.

Sa femme commence à parler. Elle dit qu'elle sait qu'ils se revoient, que cette fois elle veut qu'il choisisse pour de bon. Elle dit que cela ne peut plus continuer, qu'il ne peut pas les faire souffrir toutes les deux pendant des mois, qu'il faut qu'il assume. Elle dit qu'il peut décider de la quitter, que dans ce cas-là elle s'en va. Elle s'est renseignée, il y a un vol pour New York le lendemain midi, elle part avec sa fille, il pourra refaire sa vie. Elle tient sa fille dans ses bras, bout de chou de 2 ans qui ne comprend pas ce qui est en train de se jouer. Elle la tient bien en face de lui, pour qu'il la voie, pour qu'il n'oublie pas ce qu'il va perdre, ce qu'il va laisser partir. Si loin.

Il ne répond pas.

Elle est assise sur son canapé, elle regarde ce couple se déchirer. Elle se demande ce qu'ils font là, chez elle, dans son salon. Elle ne bouge pas.

Sa femme continue. Lui dit qu'il suffit d'un mot de lui pour qu'elle monte préparer ses valises, pour qu'il retrouve sa liberté. Elle a toujours sa fille dans ses bras.

Il regarde sa femme. Il la fixe. Et il lui dit doucement qu'il ne l'aime plus. Comme un ultime acte de courage, le dernier.

Elle répond qu'elle s'en fout. Elle est prête à vivre avec un homme qui ne l'aime plus pour sauver son mariage, pour que sa fille vive avec son père, pour garder sa vie bien installée. Elle dit qu'elle est même d'accord pour qu'il garde une maîtresse, qu'après tout ça fait sept mois qu'elle le supporte, qu'elle peut bien continuer. Tant qu'ils ne divorcent pas. Elle lui demande une nouvelle fois si elle monte réserver les billets d'avion. Il murmure que non. C'est terminé.

Sa femme a gagné.

Elle le regarde. Il a les yeux baissés. Elle se demande comment elle a pu tomber amoureuse de lui. Un homme qui ne l'aime pas assez pour lui épargner ces souffrances. Elle est chez elle, toujours assise sur son canapé, elle les regarde partir. Il vient encore une fois de la quitter, elle qui ne lui avait même pas demandé de revenir.

Sa femme lui demande de la prévenir si son mari l'appelle. Elle ne répond pas. C'est lui qui lui répond que, s'il craque une nouvelle fois, c'est qu'il aura vraiment décidé de la quitter. Pour de bon. Ne jamais fermer la porte. La laisser entrouverte. Lui laisser un espoir, si mince soit-il, de retour. Il ne peut pas la laisser s'envoler. Il préfère la faire attendre, plutôt que de la perdre vraiment.

Sa femme sort avec sa fille dans les bras, il la suit sans un regard, sans un signe. Elle reste sur son canapé.

Elle se dit qu'elle va finir par en mourir.

Nous sommes le 19 septembre.

35.

Elle va pleurer. Bien plus que la dernière fois. C'est beaucoup plus dur que la dernière fois. Elle ne sait pas pourquoi. Elle sait juste qu'elle a encore plus mal. Elle s'en veut d'y avoir cru, elle qui s'était juré de ne plus replonger, de ne plus y croire. Et elle a mal.

Pourtant, elle n'a pas tellement le choix. Il faut continuer à avancer, se dire qu'elle a une vie à construire, à reconstruire, qu'elle a plus que jamais besoin de penser à elle.

Il faut qu'elle cherche un appartement. Son ancien homme est parti à l'étranger, elle est toujours dans son loft, chez elle. Pouvoir au moins arrêter de squatter, d'avoir une voiture pour maison.

Mais elle le paie cher, ce confort : elle le voit passer chaque matin, rentrer chaque soir, le regard fuyant comme s'il avait honte de lui avoir fait croire que leur vie ensemble était possible. Alors, elle les regarde vivre, lui, sa femme et sa fille. Elle les voit sortir, aller au cinéma, revenir du marché. Elle les voit recevoir des amis, avoir une vie comme si rien ne s'était passé.

Elle sait qu'ils partent en week-end en Italie, en amoureux, histoire de se retrouver, de reconstruire leur couple, elle arrive tout juste à respirer. Elle entend sa femme le lundi matin raconter à la voisine d'à côté que c'était si bien, ces trois jours à Rome, qu'ils en ont tellement profité. Elle a passé le week-end à vomir.

Elle lui a envoyé un texto en pleine nuit, juste pour lui dire que pendant qu'il passait un week-end de rêve, elle était en train de dormir à côté des chiottes, pour ne pas avoir à se lever à chaque nouvelle montée de bile. Pourquoi est-il heureux ? Pourquoi elle en crève ? Elle se dit que ce n'est pas possible.

Elle voit qu'il a l'air profondément triste, qu'il fume de plus en plus, lui qui ne fumait pas. Ils ne se parlent pas, il n'y a rien à dire. Ils ne s'écrivent pas. Il ne la regarde pas quand il la croise. Elle le voit partir avec sa femme le matin. Elles se regardent les yeux dans les yeux. L'une a un air victorieux, l'autre ne veut pas baisser le regard, ultime fierté. Lui regarde ailleurs, écartelé entre ces deux femmes qui s'affrontent. Il ne la regarde que d'en haut. Il passe des heures, le soir, une fois sa femme et sa fille couchées, le front collé à la fenêtre, le regard fixe, la dévorant, l'épiant. Sa seule façon de lui dire qu'il pense à elle, qu'au fond il ne pense qu'à elle.

Elle l'appelle pour le supplier d'arrêter. Un prétexte pour entendre sa voix. Elle lui explique qu'elle ne peut pas se détacher de la fenêtre si elle sait qu'il est là, leurs vies ne tournent qu'autour de ces regards échangés en pleine nuit. Ils ne vont plus se coucher, ils n'arrivent plus à briser cette seule façon qu'il leur reste de communiquer.

Il ne le fera pas. Il continue à la regarder vivre, quelques mètres plus bas. C'est tout ce qu'il lui reste… et plus pour longtemps.

Elle multiplie les visites d'appartements. Ils sont si petits. Quand elle voit ces studios sordides, elle se dit qu'elle n'y arrivera pas, que cette fois-ci elle touche le fond, le point de non-retour, elle regarde sa vie et se demande comment elle a fait pour parvenir à un tel gâchis. Elle est envahie par un terrible sentiment d'injustice, comme si elle était la seule à payer. Elle sait qu'elle est responsable. Elle a joué, elle a perdu. Et elle ne peut s'empêcher de lui en vouloir, à lui, d'avoir conservé sa vie. Au fond, c'est à elle-même qu'elle en veut.

Elle est entourée. Ses amis ne la laissent pas seule une seconde. Ils la noient de paroles, d'histoires sans intérêt, de la vie qui continue, de tout, de n'importe quoi, tout plutôt que de la laisser penser. Elle n'est seule que la nuit. Elle passe ses nuits à compter les heures qui passent. Elle survit. Elle ne vit que pour ne pas pleurer, que pour retenir ces larmes prêtes à couler, sans prévenir, juste parce que parfois il faut bien que la souffrance s'échappe.

Elle sait que ça va être difficile.

Il y a un an jour pour jour, elle était avec son homme à New York, en haut de l'Empire State Building. Il la demandait en mariage, elle disait oui en pleurant de joie. La vie était simple et belle. Un an à peine.

Il est 9 heures du matin. La pluie balaie les vitres. Elle s'est réfugiée dans un café pour lire *Libé*. Elle est en avance. Elle a rendez-vous pour visiter un appart, un de plus. Sur le trottoir, la queue commence à s'allonger. Elle désespère. Le téléphone sonne.

Elle sait que ce n'est que le début. Qu'ils vont tous y penser, que cela va durer toute la journée. Elle s'y est préparée. Ça a commencé dès son réveil, avec sa mère et ses frères. Cette fois, c'est son père. Elle ne répond pas. Elle n'a pas la force. Elle sait que, ce jour-là, elle est encore plus vulnérable que les autres jours. Il suffirait d'un rien pour qu'elle craque. Elle n'écoute pas le message.

L'appartement est sordide. Il pleut toujours.

Elle ne démarre pas. Elle laisse sa tête se coller contre le volant, elle pleure. Son portable sonne. Elle décroche la voix nouée, cale une autre visite, continuer d'avancer. Elle a si souvent rêvé d'habiter Montmartre, ce n'est pas le moment de s'effondrer.

Elle gare sa voiture dans une petite impasse pavée. Elle lève les yeux, se dit qu'elle se sent bien, évite de s'emballer. Elle suit l'agent immobilier, grimpe l'escalier sans rien dire, essaie de sentir quelque chose, entre dans un petit deux pièces tout blanc, elle jette un œil à la chambre, imagine son lit posé sur le parquet, ses cartons entassés dans un coin. Elle s'imagine. Elle voit le soleil traverser les arbres, entrer dans la cuisine, regarde la salle de bains. C'est ici.

Elle demande si elle peut avoir les clés dans trois jours, explique qu'elle voudrait emménager dès le week-end prochain. L'agent immobilier comprend qu'elle est pressée, lui assure qu'il n'y a pas de problème. Elle fait le chèque, récupère un double des clés, lui serre la main et s'en va. Elle sourit.

Elle achète quelques bouteilles de champagne, des bricoles à grignoter, et elle rentre au loft. Elle voit les fenêtres du deuxième allumées. Elle détourne le regard. Pas ce soir, elle a assez pleuré. Elle sent qu'elle a gagné, qu'elle l'a méritée, cette paix intérieure qui pointe le bout de son nez. Ses amis l'attendent, ils n'ont pas oublié. Elle leur dit dans un sourire qu'elle a trouvé un appartement. Elle a les yeux embués, ces foutues larmes, toujours. Elle est tellement à fleur de peau. Ils savent que c'était le plus beau cadeau d'anniversaire que la vie pouvait lui faire.

Au deuxième, ils ont organisé une fête. Il est à la fenêtre, il la regarde plonger son nez dans une coupe de champagne, elle rit trop fort, juste pour lui montrer qu'elle vit sans lui. Sa femme le prend dans ses bras, il rentre, referme la fenêtre. Elle ne pleurera pas, pas ce soir.

C'est son anniversaire, elle s'est promis de penser à autre chose. Ce soir, elle n'aura pas de cadeau, mais un bon pour une chaîne hi-fi, à valoir dans son nouvel appartement, dans sa nouvelle vie.

Elle a 31 ans.

Nous sommes le 28 septembre.

36.

Ils continuent à se regarder par la fenêtre, mais cette fois elle sait que ce n'est plus qu'une question de jours, une question d'heures. Elle fait des dizaines d'allers-retours entre le loft et son appartement tout blanc, commence à apporter quelques plantes, une lampe, un panier de bibelots. Le déménagement est prévu pour dimanche. Elle a loué un camion, réquisitionné quelques amis. L'appartement est petit, elle n'emporte pas grand-chose. Peu importe.

À travers les baies, il la regarde faire ses cartons, il la regarde se préparer à partir. Il compte les jours, les heures. Il a cherché son nouveau numéro de téléphone, il a cherché sur un plan sa nouvelle adresse. Il donnerait tout pour savoir à quoi ça ressemble, pour pouvoir l'imaginer dans ses nouveaux murs, dans sa nouvelle vie. Il meurt de ne rien savoir.

Il n'est pas là quand elle s'en va. Ils ont mis moins d'une heure pour charger une vie. Un bout de canapé, un lit, quelques cartons, un cactus, sa chaise Philippe Starck, le Rothko de sa mère, des tonnes de bouquins.

Il ne la voit pas baisser les stores, fermer une dernière fois la porte à clé.

Il est 21 heures. Elle déballe frénétiquement. Elle a besoin que cela ressemble à quelque chose, sentir qu'elle a enfin son endroit à elle, après des semaines passées à errer. Elle a un besoin violent de se poser. Elle s'agite, ne pas penser, oublier que c'est le premier soir, oublier cette solitude qu'elle a tellement redoutée. Les filles l'ont invitée à dîner, elle a préféré rester chez elle. Inutile de reculer, il va falloir apprendre à vivre avec son absence. Il va falloir oublier qu'ils avaient imaginé un nouvel appartement à deux, avec leurs cartons, et pas uniquement les siens. Il n'y a que les siens.

Elle se sent presque bien. Il ne l'épie plus. Elle connaît sa vie à lui, ses lendemains à lui. Il ignore les siens. Elle se sent forte. Elle a pour une fois l'impression que sa place est la plus légère des deux.

Il a beaucoup plus de mal à vivre sans elle depuis qu'elle est partie. Avant, il pouvait suivre sa vie. Savoir si elle était rentrée, si elle avait des amis à dîner, si elle avait mangé, si elle était couchée. Maintenant, il ne sait rien. Il y a pire que l'absence, il y a l'ignorance et le silence.

Avec sa femme, il y a des hauts et des bas. Il fait des efforts. Il fait semblant d'aller bien quand il va mal, il arrive même à aller bien, même si cela ne dure jamais très longtemps. Il fait semblant de croire à cette nouvelle vie, de croire que leur histoire est repartie, qu'ils reconstruisent.

Elle parle déjà d'un deuxième enfant. Lui n'en veut pas. Il tient bon, malgré sa culpabilité, sa faiblesse. Sinon, il donne le change. Il y a bien des moments où elle le trouve absent, elle se dit que c'est une question de temps.

Ils font l'amour, souvent, bien plus souvent qu'avant. Elle a compris que si elle voulait le garder, il fallait changer. Le cliché d'une vie sexuelle en panne relancée par une liaison adultère.

Elle essaie d'oublier qu'il a aimé faire l'amour avec une autre comme jamais il n'a aimé faire l'amour avec elle. Elle le sait, elle l'a enfoui au fond d'elle, dans un endroit qu'elle n'ouvre jamais. Elle fait de son mieux. Elle ne sait pas que cela ne sera jamais pareil. Quoi qu'elle fasse. Elle ne sait pas qu'il y a des corps qui sont nés pour s'emboîter. Que l'on ne peut rien y faire.

Alors ils baisent. Mécaniquement. Il pense à une autre quand il fait l'amour à sa femme. Il se dit que s'il compare l'incomparable, il ne s'en sortira pas. Il se dit que le sexe ne fait pas tout, qu'il a vécu des années comme ça, sans savoir qu'un lit pouvait ressembler au paradis, qu'il va oublier, qu'il a choisi. Que le temps fera le reste.

Ils ne s'appellent toujours pas. Ou presque pas. Ils ont parfois des moments de faiblesse. Parfois l'un craque, parfois l'autre. Elle a du mal à se retenir quand elle a bu quelques verres. Il envoie un mail quand résister est insoutenable. Ils se comprennent. Ils savent tous deux combien, parfois, l'absence est insupportable.

Elle reçoit un mail. De lui. Vide. Juste avec son nom et son numéro de téléphone. Envoyé du bureau tard un lundi soir. Comme un appel muet, un signe qui ne veut pas dire son nom. Un mail vide qui dit tellement de choses. Un mail qui prouve qu'il pense à elle.

Elle répond :
« Si c'est pour me donner ton numéro de téléphone, c'est gentil, mais je n'ai pas encore réussi à l'effacer. »

Pas de réponse.

Elle envoie :
« Si c'est pour me montrer que tu penses à moi, tu as bien fait.
Ça fait toujours plaisir de savoir que tu ne m'as pas encore complètement oubliée. »

Il répond :
« Oui. »

Il ne l'a toujours pas oubliée.

Nous sommes le 6 octobre.

37.

Elle va mieux, même s'il y a des réveils difficiles. Elle sait comment éviter les coups de déprime trop violents : surtout, ne pas traîner au lit le matin, ne pas rêvasser sous la couette. Brancher l'autoradio sur France Info, reléguer le dernier William Sheller à la cave ; le soir, téléphoner à ses amies jusqu'à l'épuisement, avoir toujours la télé en bruit de fond dans le salon et dans la chambre, ne pas essayer de lire un livre : impossible de se concentrer sur une histoire : la lecture est propice à la rêverie, et donc au cafard. Préférer n'importe quelle émission télé… sauf celles sur le grand amour, le mariage, l'adultère et les voisins.

Elle recommence à rire. Elle est loin de s'imaginer avec un autre, mais elle s'imagine seule. C'est déjà ça. Elle a recommencé sa vie de femme célibataire. Une vie de fêtes, de dîners, de rencontres, d'imprévus, de liberté.

Elle cherche du travail. Maintenant qu'elle a installé son cocon, elle passe à la deuxième étape de sa reconstruction : savoir quoi faire de sa vie. Elle y va doucement, réfléchit, prend le temps, enfin.

Elle replonge dans les sorties, le théâtre et la danse. Depuis des mois, elle n'avait de l'énergie que pour lui. Elle s'ouvre de nouveau au monde, profite de cette ville qu'elle aime tant.

Elle sort du Théâtre de la Ville quand une des filles l'appelle. Elle est en train de boire des verres chez un ami très sympa dans le Marais. Ils insistent pour qu'elle les rejoigne. Après tout, elle ne bosse pas le lendemain, elle a la vague impression d'être revenue des années en arrière, à cette époque où, étudiante, elle n'avait aucune contrainte. Cette époque où elle pouvait passer des nuits à refaire le monde chez des gens qu'elle connaissait à peine. Cette époque où elle rêvait encore du grand amour.

Elle arrive dans un grand studio. Il y a plein de bougies partout, il fait bon. Le propriétaire des lieux l'attend sur le pas de la porte avec un sourire accueillant. Il est célibataire, il sait manifestement qu'elle l'est aussi. Il est brun, grand, plutôt beau gosse, il lui demande si elle veut du vin rouge ou autre chose. Elle lui dit que le vin rouge, c'est parfait.

Les heures passent, les bouteilles se vident. Ils parlent de tout et de rien. Il y a des sourires qui traînent, des regards. À 4 heures, il lui apprend à jouer de la basse. À 5 heures du matin, il la masse. Elle est un peu ivre, elle se sent bien, elle se laisse faire. Dans un éclair de lucidité, elle se demande pourquoi elle ne le ferait pas. Et elle le fait. À 6 heures du matin, il l'embrasse.

Elle sent bien qu'elle veut se prouver qu'elle est en train de guérir. Elle sait que c'est un peu tôt, qu'elle risque de se brûler les ailes. Les autres sont partis. Ils sont seuls. Les bougies s'essoufflent une à une. Ils discutent, refont le monde, se sourient, il est tendre, elle sent sa langue ouvrir ses lèvres, elle se laisse faire, il la déshabille, aspire le bout de ses seins, et elle ne pense qu'à la bouche d'un autre. Elle ne peut pas. Elle ne veut pas. Il sent, sait, comprend, la prend dans ses bras, la câline, la console. Elle est triste, et en même temps elle sait qu'elle vient de faire un pas de géant. Chaque chose en son temps.

Elle s'endort dans ses bras.

Elle se réveille avec le jour. Il dort encore. Elle se lève, s'habille, le regarde, lui envoie un baiser de loin, laisse un mot anodin sur la table du salon, part en fermant doucement la porte.

Elle est à cinq minutes du loft. Elle peut y être vers 9 heures. Elle veut juste le voir sortir en ayant passé la nuit dans les bras d'un autre, juste pour savoir si les choses ont changé, pour savoir si elle le voit différemment, elle a juste envie de le voir, et de savoir. D'étudier ses sensations intérieures.

Elle se gare, sort de la voiture au moment où il passe le porche. Il la voit, baisse les yeux, elle le regarde passer, il fait semblant de ne pas la voir. Et elle sent ce qu'elle était venue chercher : elle va mieux. Elle sent enfin qu'elle va mieux. La vie est en train de reprendre le dessus.

147

Elle écrit :

« Ce matin, on s'est croisés comme n'importe quel autre matin. Tu ne m'as rien dit. Pas un mot. Pas un geste. Un peu comme si tu croisais n'importe qui. Et pourtant, ce matin ne ressemblait à aucun autre matin.

Ce matin, je sortais des bras d'un autre homme, du lit d'un autre homme. Ce matin, j'ai fait l'amour avec un autre homme que toi.

Ce matin, tu m'as perdue.

Enfin. »

Elle y croit. Elle a légèrement transformé la vérité. Humaine vengeance. Et elle cherche ce caractère inéluctable, définitif. Irréversible. Elle sait qu'elle est en train de le perdre, qu'il va enfin pouvoir déculpabiliser de la savoir revivre. Elle sait que c'est un point final. Elle a enfin trouvé la fin de son histoire. Elle a embrassé un autre homme, elle a ri dans les bras d'un autre homme.

Elle envoie ce mail pour clore leur histoire, pour qu'il y ait une vraie fin, et non ce dernier départ, dans son salon, avec cette porte laissée entrouverte. Elle lui envoie ce mail pour lui faire mal, une dernière fois. Pour que lui aussi connaisse le goût amer de la jalousie.

Elle se déshabille, se couche, s'endort à peine. Son portable sonne. Elle voit son nom sur le cadran. Il pleure. Entre deux sanglots, elle comprend qu'il lui a envoyé un mail, elle dit qu'elle ne l'a pas lu.

Il lui écrit :

« Parce qu'il n'y a pas un matin où ton absence ne me noue le ventre.

148

Parce qu'il n'est pas un soir où l'envie folle de t'embrasser ne s'éteint.

Parce que la vie sans toi ressemble à la cour intérieure de Fleury-Mérogis.

Parce que tes baisers valent plus que tous les malheurs à venir.

Parce qu'il est inhumain de faire autant souffrir la personne que l'on aime.

Parce que arrêter de te faire l'amour est une insulte faite à la nature.

Parce que je suis fou de tes yeux, de ta peau, de ta voix.

Parce que je t'aime à en mourir.

Il suffit d'un mot de toi pour que je la quitte. »

Nous sommes le 13 octobre.

38.

Elle lui demande si n'importe quel mot convient ou s'il faut un mot en particulier. N'importe quel mot suffit. Alors, elle lui dit juste de la quitter. Il lui répond juste qu'il va le faire. Elle lui demande quand. Il lui répond le soir même.

Ils se retrouvent au Fumoir pour déjeuner. Ils ne se sont pas vus depuis des semaines, c'est comme s'ils s'étaient quittés la veille. Il lui raconte ces jours sans elle, à penser à elle. Elle lui raconte l'absence, cette guerre contre elle-même pour s'en sortir, pour vivre autre chose. Sans y parvenir ou si peu.

Elle lui dit que cette fois-ci il ne peut pas faire comme la dernière fois, qu'il ne peut plus jouer. Il lui dit que cette fois il sait la vie sans elle, il sait trop la vie sans elle.

Il la regarde, il la dévore des yeux et en même temps il tremble. Il ne peut rien avaler. Il fait une crise d'épilepsie, une crise d'angoisse qui ne dit pas son nom, seule façon de laisser sortir la peur qui l'envahit devant l'inconnu, devant cette vie à construire, devant les pleurs à venir. Mais il a décidé. Il veut vivre avec elle, avoir un enfant avec elle, s'endormir avec elle, se réveiller avec elle. Il ne veut qu'elle.

Il a peur. Elle aussi. Tellement peur qu'une fois encore il l'abandonne là, avec ses espoirs déçus, piétinés, écrasés. Avec ses larmes et sa douleur. Elle se dit que chaque fois qu'elle recommence à vivre, il la rattrape du bout des doigts, juste avant qu'elle ne disparaisse complètement à l'horizon. Elle se dit que chaque fois la douleur a été plus violente. Elle n'ose imaginer la prochaine fois.

Mais cette fois, il ne changera pas d'avis.

Le soir, il est rentré chez lui. Il n'a rien dit. Il avait invité son frère et sa belle-sœur à dîner. Ils parlaient de l'anniversaire des enfants qu'ils pourraient organiser ensemble, des projets d'avenir. Lui ne disait rien. Il était déjà parti, il savait que le plus dur restait encore à venir, mais il avait choisi. Maintenant, il savait qu'il allait falloir assumer. Il avait mal au ventre, mal à la tête, mal partout. Il avait mal de trouille.

Il n'a pas pu rester jusqu'à la fin du dîner. Il est allé se coucher, prétextant une migraine. Il s'est tourné et retourné dans son lit jusqu'à s'endormir. Et quand sa femme l'a rejoint, il dormait vraiment. Elle l'a réveillé. Elle lui a dit que cette vie n'était plus possible. Il ne saura jamais s'il aurait osé aborder le sujet si elle ne l'avait pas fait la première. Elle ne saura jamais qu'il n'attendait que ça, qu'elle ouvre la porte pour s'y précipiter. Elle l'a provoqué pour qu'il change, pour qu'il fasse des efforts. Jamais elle n'aurait imaginé qu'il choisisse de la quitter. Jamais elle n'aurait imaginé qu'il avait décidé de partir.

Ils ont passé la nuit à se battre. Elle a pleuré, crié, supplié, explosé son portable contre le mur, expliqué qu'ils allaient oublier tout ça et reprendre leur vie normalement.

Lui a crié, pleuré de la voir pleurer. Et il lui a parlé, enfin. Il lui a dit qu'il en aimait une autre à en crever, qu'il ne rêvait que de vivre avec une autre. Il lui a dit que cette fois c'était la fin.

Une nuit de rupture, sans sommeil, une nuit de violence, une nuit de guerre des nerfs où elle a tout essayé. Une nuit, et il est parti.

À 8 heures du matin, l'épouse blessée a appelé sa rivale qui attendait un mot, un texto depuis la veille au soir. Elle lui a dit qu'elle avait gagné, que son mari la quittait, qu'elle pouvait le garder. Elle lui a dit aussi qu'ils n'auraient jamais sa fille.

39.

Il arrive une heure plus tard, avec quelques affaires et des croissants. Elle l'embrasse, le prend dans ses bras, presque timidement. Comme s'il fallait apprivoiser cette nouvelle liberté. Elle avait tellement peur qu'il soit effondré. Il a le sourire aux lèvres. Les pleurs et les remords seront pour plus tard.

Il la prend dans ses bras, la fait basculer dans les draps, commence à embrasser chaque coin de sa peau… Ils passent la journée enfermés, les téléphones éteints, décidés à oublier les autres, à profiter de leurs retrouvailles, de cet avenir qui s'ouvre enfin à eux, de cette nouvelle vie à deux, à eux.

Ils ont du temps à rattraper. Elle a du mal à croire qu'il est vraiment là, dans cet appartement qu'elle a pris pour oublier, pour vivre une autre vie. Il est là, dans la cuisine, il est là, sous la douche, là, sur le canapé. Elle le regarde prendre possession des lieux, elle sent des larmes de joie monter pour tout et n'importe quoi. Elle lui donne le double des clés, le code, elle lui demande s'ils vont vraiment se retrouver tous les soirs, s'ils vont vraiment vivre ensemble. Il la regarde en souriant, il l'embrasse. Enfin, ils vont respirer.

Le lendemain, ils commencent une vie presque normale. Et ils s'ébahissent de cette normalité… Ils partent travailler le matin, en se disant à ce soir. Font tous ces trucs que font tous les couples sans s'en apercevoir, tous ces trucs qui leur paraissent si extraordinaires. Ils n'en reviennent pas de dîner dans la cuisine sans regarder l'heure, de faire l'amour chaque soir en s'endormant, chaque matin en se réveillant, la nuit dès que l'un d'eux se réveille doucement pour se coller encore plus près du corps de l'autre. Ils usent et abusent de cette liberté jusqu'à s'user la peau, jusqu'à s'user les lèvres, jusqu'à s'user le sexe.

Ils n'en reviennent pas et savourent. Même si tout n'est pas rose. Même si sa femme appelle des dizaines de fois, essaie la douceur, la douleur, les insultes, les menaces. Même si chaque fois qu'il va voir sa fille, c'est insupportable.

Il est parti du domicile conjugal depuis une semaine à peine, quand sa femme lui annonce qu'elle s'en va. Elle rentre chez elle à New York reconstruire sa vie, chercher un job, un appart, une école pour la petite. Elle part. Avec sa fille. Il savait qu'il allait payer. Il avait raison. Le temps de régler la facture est arrivé.

Elle part pour voir comment elle peut continuer sa vie chez elle, à des milliers de kilomètres de lui, pour lui montrer qu'elle est capable de le faire au cas où il en aurait douté. Elle part pour qu'il revienne. Elle abat sa dernière carte.

Il ne veut pas y penser. Il veut juste profiter de la femme de sa vie, ne plus penser que dans quelques jours sa petite fille sera à des milliers de kilomètres. Ne pas penser qu'il va devoir inventer une autre façon de vivre avec elle, qu'il va devoir se battre pour garder son rôle de père, pour qu'elle parle encore sa langue, pour ne pas culpabiliser de la laisser partir, pour ne pas avoir la sensation de l'abandonner. Il sait qu'il va devoir être fort. Et il est faible.

Elle sait que ça va être difficile, alors elle lui adoucit la vie… L'après-midi, elle va chercher les billets d'avion de la petite à l'autre bout de Paris. Sa femme n'a pas le temps. Lui n'avait pas le courage. Elle essaie de rendre la cassure supportable, même si elle sait qu'elle ne pourra pas complètement gommer la souffrance et l'absence à coups de baisers, même par milliers.

Elles doivent décoller le lendemain. Il a demandé à son père de les accompagner à l'aéroport. Lui n'en a pas la force.

Elle doit aller au théâtre. Elle veut annuler, il lui a dit de ne pas le faire, qu'il a un travail de fou, qu'ils se retrouvent après, que ça va aller.

Elle sent bien que rien ne va, le désarroi, la douleur insupportable. Elle sait qu'elle est la seule à pouvoir adoucir le choc. Elle traverse Paris dans l'autre sens. Elle arrive en bas de son bureau, monte. Il fait déjà nuit, l'endroit est désert. Elle devine de la lumière derrière une porte, au fond du couloir. Il est là, seul. Il pleure. Il sait que dans vingt-quatre heures sa fille sera loin.

Elle l'embrasse, elle commence à faire le clown comme elle sait si bien le faire, lui arrache un soupir, un sourire, puis un rire. Elle l'entraîne. Ils ferment la porte, ils font l'amour dans la cage d'escalier. Il est assis sur une marche, elle est nue sous sa jupe. Elle est assise sur lui, sent le plaisir monter… quand la lumière s'allume. Son patron descend. Ils s'enfuient comme des enfants dans un fou rire, montent dans la Smart et rentrent dans ce petit appartement qui abrite leur nouvelle vie. Il s'endort dans ses bras. Une fois encore, elle a réussi à lui faire oublier ses larmes. Il dort un sourire aux lèvres, mais pour combien de temps.

Le lendemain, elle écrit :

« Je savais qu'on ne pouvait pas se tromper.

Que voir ton sourire chaque matin serait quelque chose d'irréel.

Que sentir ta peau chaque nuit ferait naître ce sentiment unique de vivre au paradis.

Je savais sans savoir. Maintenant, juste après ces quelques soirs, je sais que je ne m'étais pas trompée. Que nous ne nous sommes pas trompés.

Je sais que vivre avec toi est un bonheur à l'état pur.

Un truc auquel on pourrait se shooter du matin au soir en ayant toujours le sentiment de ne pas en avoir pris assez. Jamais rassasiée. Toujours affamée.

Même si tu ne veux pas déjeuner avec moi lundi.

Même si tu ne m'offres pas des fleurs chaque soir.

Même si tu n'as pas encore enlevé ton alliance.

Même si tu n'as toujours pas mis les appliques dans le couloir.

Même si tu ne sais pas faire la cuisine...

Je voulais juste que tu saches que l'amour que j'éprouve pour toi bouffe chaque recoin de moi. Tellement. Profondément. Intensément. Immensément. »

Nous sommes le 3 novembre.

40.

Pendant un mois, ils continuent à vivre comme s'ils étaient un couple normal. Ils profitent de ce bonheur immense tant attendu, tant espéré. Ils vivent collés l'un à l'autre, profitant de chaque minute, de chaque seconde. Il y a des moments de blues, de tristesse, mais jamais de moments de doute. Il passe ses nuits à lui répéter qu'il ne pourra plus jamais la quitter, lui faire du mal, lui qui lui en a déjà tellement fait.

Il rentre chaque soir avec ce sourire incrédule aux lèvres, comme s'il n'arrivait pas à croire qu'elle est là, elle qu'il a failli laisser filer.

Ils dînent chez des amis, se racontent leurs journées, font l'amour, se réveillent la nuit, réveillent l'autre, jamais rassasiés. Tout est beau, tellement beau, tellement doux, et pourtant, elle n'arrive pas à y croire…

Au fond d'elle, elle est morte de trouille.

Elle n'est plus vraiment elle-même, elle est l'ombre d'elle-même. Elle n'ose plus rien dire, de peur de le contrarier, de peur que pour un rien il ne change d'avis, décide de repartir vers son autre vie. Elle est parfaite, passe ses journées à inventer des folies pour lui rendre la vie toujours plus belle. Elle l'aime à en crever. Elle l'écoute lui dire vingt fois par jour, cent fois par jour qu'il l'aime. Mais rien n'y fait : elle continue de trembler, ses nuits sont peuplées de cauchemars. Elle se réveille le matin les yeux cernés, elle ne dit rien, elle se retient. Ne pas lui infliger son angoisse. Il sent, il tente de la rassurer. Elle s'en veut de paniquer alors que lui a déjà tant d'autres choses à gérer, ses parents, l'absence de sa fille, l'avenir, la vente de l'appartement. Mais rien n'y fait, elle est comblée, et terrorisée.

Sa femme doit revenir la semaine suivante pour régler les papiers du divorce, la mise en vente de l'appartement. Elle revient avec sa fille, il va pouvoir la voir enfin, la serrer dans ses bras.

Elle ne sera pas là. Elle doit partir à Lyon en reportage, et elle ne veut pas partir. Elle a peur de ne pas être là au cas où il soit assailli par les doutes, au cas où son cœur chavire devant cette enfant. Il lui dit que c'est mieux comme ça, qu'il pourra passer du temps avec sa fille, que ce n'est pas la peine qu'elle soit au milieu de la crise, des disputes, des règlements de comptes. Il lui dit qu'il l'aime, encore et toujours.

La veille de son départ, elle écrit :
« Tu me manques déjà.

Je m'en veux d'angoisser. Je m'en veux de pleurer, moi qui ne veux à la minute même où j'ouvre les yeux que te rendre heureux.

Je m'en veux de penser à moi alors que je sais combien c'est plus difficile pour toi.

Je m'en veux de craquer alors que la lumière est au bout du tunnel, juste là, pas si loin que cela.

Je fais ce que je peux, et je n'y peux pas grand-chose, je me lève bouffée par la trouille, ça me tient du lever au coucher. La peur. Ça va passer... Il faut sans doute un peu de temps.

Je sais que tu m'aimes.

Je sais que l'on est terriblement bien ensemble.

Je l'ai toujours su.

Et je sais plus que tout que ce n'est que le début.

J'ai juste besoin d'accepter enfin l'idée que tu ne vas pas une nouvelle fois disparaître comme si jamais tu n'étais venu. Encore une fois. D'y croire pour ne plus trembler.

Alors oui, son retour me terrorise. Égoïstement. Je m'en veux de ne pas nous faire confiance, de douter de cette intensité, de ce lien qui va de toi à moi et contre lequel personne ne peut rien.

Je te promets de redevenir sereine, de redevenir moi-même, de ne plus errer comme une femme qui attend juste le moment où va tomber la sentence. La nouvelle absence.

Je sais, mon amour, que nous avons fait le plus dur. Attends-moi, je reviens vite.

Je te couvre de baisers à l'infini.

(Sinon, j'ai trouvé la veste à paillettes Karl Lagerfeld que le Tout-Paris cherche chez H&M à ma taille, que j'ai achetée puisque le Tout-Paris la cherche. Estelle en est folle puisqu'elle la cherche comme le Tout-Paris et moi j'ai la chance de l'avoir... et je crois en fait qu'elle ne me plaît pas et que je l'ai achetée

parce que le Tout-Paris la cherche et que je vais la rapporter... Tu vois, je suis ridicule. Mais je m'en rends compte.) »

41.

Elle est partie depuis quelques heures.

Elle a du mal à le joindre, elle laisse des messages, il la rappelle brièvement du hall de l'immeuble, lui dit que ça va, qu'il va finalement passer la semaine chez lui, pour profiter au maximum de sa fille avant qu'elle ne reparte. Elle lui demande où il dort, où dort sa femme. Il dort dans la chambre d'amis, sa femme dans leur chambre. Il lui explique qu'ils discutent, pendant des heures, pour régler tous les détails matériels de leur séparation, que cela ne se passe pas trop mal, même s'il y a des crises et des larmes.

Il tente de convaincre une dernière fois sa femme de ne pas partir, de rester en France, de chercher un boulot ici pour ne pas priver leur fille d'un père. Elle ne veut rien entendre. Ce n'est pas elle qui a décidé de foutre leur vie en l'air, elle n'est pas responsable, elle est victime. Hors de question qu'elle sacrifie sa vie quand lui décide de partir vivre avec une autre. Il a choisi, il assume.

L'épouse délaissée n'a pas abandonné tout espoir de récupérer son mari. Au départ, elle voulait revenir seule. Elle est finalement rentrée avec sa fille, sa carte maîtresse, sa seule chance de sauver son mariage. Elle a tout misé sur ces retrouvailles, elle sait que c'est maintenant ou jamais. Ce sera maintenant.

Elle ne saura jamais s'ils ont décidé de reprendre la vie commune dès le premier jour ou s'il a résisté avant de s'incliner. Après tout, peu importe, vingt-quatre heures ou soixante-douze heures… Dans les deux cas, si peu de temps pour balayer tant de promesses. De leurs rêves, de leur avenir, de leur histoire, de tout cela, en quelques jours, il n'est rien resté.

Elle ne le sait pas encore.

Dans un ultime geste de bonté, il veut attendre qu'elle rentre à Paris pour lui annoncer que finalement il se barre, il la plante encore une fois… Mais sa femme en a décidé autrement. Pas de pitié pour une rivale, elle veut sa victoire. Elle se fout que l'autre soit seule, à Lyon, dans une chambre d'hôtel, loin de chez elle et de ses amis, elle se fout qu'elle souffre, elle veut l'écraser, l'achever. C'est ça ou elle repart à New York par le premier avion. Elle gagne son ultime chantage.

Pour sa dernière soirée lyonnaise, la rivale est au restaurant avec une amie d'enfance. Elle doit repartir à Paris le lendemain, enfin. Elle se sent si vulnérable depuis le début de la semaine, loin de lui, loin de chez elle, loin de ses amis et de sa vie. Elle n'a pas beaucoup dormi, ses nuits sont peuplées d'angoisses et de peurs, hantées par l'absence et un immense sentiment d'impuissance.

Mais ce soir-là, elle est soulagée, la semaine est terminée. Elle sait que le lendemain elle va le retrouver.

Son portable sonne. Elle hésite à répondre. Elles ne se sont pas vues depuis plusieurs mois, elles fêtent le beaujolais nouveau dans un petit bouchon lyonnais, elle a envie de profiter de cette soirée. Elle hésite : le rappeler plus tard ou décrocher. Elle décroche. Elle l'entend juste murmurer entre deux sanglots que c'est terminé. Il raccroche.

Il ne répondra plus de la nuit.

Elle ne dormira pas.

Elle appelle frénétiquement, sur le portable, sur la ligne fixe, l'une, l'autre, l'une, l'autre, sans pouvoir se maîtriser. Au bout du fil, toujours la même tonalité. Occupé. À en devenir folle. Ils l'ont achevée, et ils ont décroché pour pouvoir dormir en paix.

Le lendemain, elle assure tant bien que mal ses dernières heures de taf, interminables. Elle saute dans un taxi, fonce à la gare. Lyon-Part-Dieu/Gare de Lyon. Deux heures. Deux heures à essayer de le joindre encore et toujours. Elle n'a rien avalé depuis vingt-quatre heures, elle a mal au cœur, envie de gerber, elle pleure, assise dans les escaliers du TGV, appelle les filles, le rappelle. Répondeur.

Elle envoie un texto : *« Rendez-vous 21 heures, Gare du Nord. Si tu n'es pas là, je débarque chez toi. »*

Il sait qu'elle en est capable.

À 21 heures, elle attend en double file. Il monte dans la Smart sans un mot. Il n'a même pas la force de la regarder. Elle s'est maquillée, tente de faire bonne figure, voudrait éviter les cris, les larmes, garder un peu de dignité au milieu de cette histoire qui va finir par la foutre en l'air.

Ils partent vers un bar de Montmartre, elle se gare, aucun des deux n'a vraiment envie de voir du monde, ils restent là, dans cette voiture qui a abrité des moments si doux, et des moments si durs, déjà. Un de plus. Il pleure. Elle l'a tellement vu pleurer depuis le début de leur histoire qu'elle ne sait même plus si ça la touche encore. Elle se demande pourquoi lui, pourquoi elle est capable de supporter ça pour lui, pourquoi là, elle veut encore essayer de sauver leur histoire. Qu'a-t-il donc de si extraordinaire pour qu'elle endure ça. Elle ne sait pas. C'est comme ça.

Et entre deux hoquets, il lui ressort ce baratin qu'elle connaît par cœur. Si elle était d'humeur taquine, elle pourrait le faire à sa place. Il ne peut pas vivre sans sa fille, il croyait. Mais non.

Ils sont là, dans cette voiture, rue des Abbesses, depuis une heure, deux peut-être. Son portable ne cesse de sonner, sa femme sans doute qui s'inquiète, qui a peur qu'une fois encore son mari ne reparte en sens inverse pour la millième fois. Ça frôle le ridicule. Elle lui dit de sortir, que cette fois c'est vraiment terminé, qu'elle a sa dose, elle ne pleure pas, elle est violente, presque vulgaire. Elle en a plein le cul, de ses atermoiements, de ses retournements, de ses doutes, de ses crises. Elle veut juste qu'il sorte de cette putain de voiture et qu'il disparaisse de sa vie. Cette fois ça suffit. Elle ne plaisante pas. Il panique.

Il se jette sur elle, lui dit qu'il ne peut pas vivre sans elle, que c'est la femme de sa vie, qu'il ne sait pas ce qu'il lui a pris, que c'est terminé, qu'ils rentrent à la maison maintenant... Elle le regarde, incrédule. Comment avoir confiance, une fois encore... Et comment refuser cette nouvelle invitation au bonheur...

Elle lui demande d'enlever son alliance, un anneau comme preuve d'une énième promesse de nouveau départ. Elle enfonce l'anneau en or dans la poche de son jean, se dit que c'est toujours ça de gagné, elle l'embrasse, démarre. Ils rentrent chez eux.

Il appelle sa femme pour la prévenir qu'il ne rentrera pas. À l'autre bout du fil, elle peut entendre les larmes, les hurlements, une fenêtre qui se brise, l'hystérie, les menaces, le chantage. Il tient bon.

Quelques minutes après, sa mère appelle. Elle vient d'avoir sa belle-fille au téléphone, elle ne comprend pas ce qui se passe, elle croyait que tout était rentré dans l'ordre, qu'il avait décidé, il y a trois jours à peine, de sauver son mariage. Elle lui dit de rentrer chez lui avec sa femme et sa fille, que c'est sa place, en bon père et bon mari. Il tient bon.

Le lendemain, il part garder sa fille quelques heures avant qu'elle ne reparte de l'autre côté de l'Atlantique. Il promet de revenir en fin d'après-midi, lui dit encore une fois qu'il l'aime.

Il ne rentrera jamais.

Nous sommes à la fin du mois de novembre.

42.

Cela fait une semaine qu'il est parti.

Elle a cru qu'elle allait mourir. Qu'elle allait mourir d'amour.

Pendant deux jours, elle a cru que c'était pourtant possible. Elle est restée prostrée sur son lit. À crier. À hurler. À la mort. À se taper la tête contre les murs, un torchon rouge au bord du lit maculé de ses larmes et de sa morve. Elle ne savait pas que l'homme est un animal. Elle l'a découvert.

Elle a hurlé à en crever. Des cris de bête blessée qui sent la mort approcher. Des cris inhumains. Elle a vomi. Jeté son alliance dans les chiottes. Avant de revomir. Hurler, vomir, hurler, vomir. Cracher, étouffer, hurler, pleurer. À ne pas pouvoir parler, à ne plus rien avoir à dire. À ne plus vouloir respirer. À ne plus savoir pourquoi respirer.

Pour la première fois de sa vie, elle n'a voulu voir personne.

Elle essayait d'imaginer la vie sans lui. Sans son odeur. Sans son sexe. Sans sa voix. Sans son sourire. Sans sa présence. Il avait choisi.

Elle le voyait partout. Sous la douche, sous la couette, ouvrir la porte, s'habiller. Quarante mètres carrés remplis de lui.

Elle ne pouvait imaginer l'inimaginable.

Elle avait rêvé d'une vie dans ses bras, d'une vie avec un enfant de lui, d'une vie pour lui.

Elle avait oublié que rien n'était jamais gagné, que rien n'était jamais acquis. Qu'il pouvait repartir, aussi vite qu'il était venu. Elle avait cru qu'ils étaient plus forts que tout, que leur amour était plus fort que tout. Elle s'était trompée, elle ne s'était pas méfiée, ne s'était pas protégée. Elle sentait la mort.

Elle a dû apprendre à accepter que son amour pour elle n'était pas assez fort. Accepter qu'il pouvait imaginer la vie sans elle. Accepter qu'il pouvait choisir de vivre sans elle. Accepter qu'il ne l'aimait pas assez.

Alors, elle a cru qu'elle allait mourir.

Elle n'est pas morte. Elle respire encore. Elle se remet à parler. Elle ne réussit plus à vomir. Elle pleure encore. Mais moins. Elle a compris qu'elle n'allait pas mourir. On ne meurt pas d'amour.

Quelques jours plus tard, elle reçoit :

« Toi qui t'éloignes et pourtant, toujours cette envie de toi qui enfle, sans fin, sans fond. Ce manque iné-puisable, sans limites, qui tenaille...

Le jour où tu ne m'aimes plus, écris-le-moi, noir sur blanc, que je puisse moi aussi commencer à t'oublier...

Je te recouvre de baisers.

O. »

Elle commence à écrire...

Nous sommes le 4 décembre.

43.

Elle n'y arrive pas. Il n'y arrive pas non plus.

Pourtant, ils essaient de toutes leurs forces, chacun leur tour. Ils ont des moments de faiblesse, pas forcément en même temps. C'est ce qui les sauve pour un temps. Un jour, c'est elle qui essaie de le joindre ; le lendemain, c'est lui. Ils savent qu'ils ne seront jamais amis, ils savent qu'ils ne pourront jamais se voir sans se toucher, se sentir, se pénétrer. Ils en rêvent nuit après nuit, jour après jour, chacun de leur côté.

Elle reçoit :

« Je ne peux pas te voir sans t'embrasser.

Je ne peux pas t'embrasser sans te prendre dans mes bras.

Je ne peux pas te prendre dans mes bras sans toucher ta peau.

Je ne peux pas toucher ta peau sans te déshabiller.

Je ne peux pas te déshabiller sans caresser ton sexe.

Je ne peux pas caresser ton sexe sans le manger.

Je ne peux pas manger ton sexe sans te prendre juste après.

Je ne peux pas te prendre sans t'entendre jouir fort.
Je ne peux pas t'entendre jouir fort sans exploser au fond de toi.
Je ne peux pas exploser au fond de toi et m'éloigner de toi.
Je ne peux pas te voir. »

L'envie est trop violente, le désir obsessionnel, le manque insupportable. Elle passe sa vie à se dire qu'elle voudrait lui raconter ses journées, lui demander son avis. Il passe son temps à se dire qu'il voudrait savoir ce qu'elle fait, savoir ce qu'elle pense, savoir où elle est. Ils se manquent, à chaque minute, à chaque seconde. Ils tiennent tant bien que mal tout le mois de décembre, quelques jours au début du mois de janvier... Et ils craquent.

Cette fois, c'est elle. Elle veut juste qu'il vienne tout de suite, qu'il lui fasse l'amour, qu'ils se parlent, qu'ils se regardent, elle veut juste le sentir, entendre le son de sa voix. Elle se fout qu'il soit marié, elle se fout de savoir qu'il ne quittera plus sa femme. Elle veut juste être dans ses bras. Elle veut juste la même chose que lui. Elle parle du désir qui tenaille, qui la réveille la nuit. Il sait. Il se réveille la nuit pour se caresser à côté de sa femme endormie. Elle dit que le manque de lui est trop fort. Il répond juste qu'il arrive.

Ils font l'amour. Ils se parlent. Pendant des heures. Elle le fait rire, elle l'a toujours fait rire en lui racontant ses histoires. Il a l'impression qu'elle lui raconte douze épisodes de *Sex and the City*, juste pour lui. Il adore cette vie qui bout en elle. Elle retrouve sa voix, sa peau, ses yeux, il ne se lasse pas de la contempler, comme s'il avait oublié comme il la trouvait belle. Il lui fait l'amour presque violemment, comme pour se venger de ne pas avoir pu le faire pendant si longtemps, comme s'il reprenait ses marques sur ce territoire qui n'appartient toujours qu'à lui. C'est bon, c'est tellement bon. Elle sait juste qu'elle ne peut pas vivre sans qu'il soit là.

Ils reprennent leur vie clandestine… Pas très longtemps.

Ils ont passé l'après-midi au lit à profiter l'un de l'autre, à l'abri du monde extérieur comme pour oublier qu'il existe. Il est plus de 22 heures quand elle le ramène chez lui, sa femme a déjà appelé des dizaines de fois. Il n'a pas répondu. Il est assis à côté d'elle dans la Smart, sa main gauche sous sa cuisse droite. Il ne veut pas rentrer chez lui, il veut rester avec elle, et pourtant. Elle, elle en a juste marre de le voir pleurer.

Elle le dépose, et part le cœur léger à l'anniversaire d'une des filles. Elle arrive avec deux bonnes heures de retard dans un resto où flambe un immense feu de cheminée, tout le monde a l'air si heureux d'être là, elle respire, pose des baisers sur des joues connues… puis inconnues.

Il est grand, brun, beau. Il est comédien. Ils se regardent, s'observent, dansent. Il termine la nuit chez elle. Il n'en partira plus pendant près d'un mois.

Le lendemain, elle doit voir son amour tout juste retrouvé. Il appelle, des dizaines de fois. Elle ne répond pas, elle envoie juste un texto pour dire qu'elle ne peut pas le voir. Elle n'est pas seule. Pour la première fois, il l'imagine dans les bras d'un autre, il l'imagine faire l'amour avec un autre, elle qui la veille encore faisait l'amour avec lui. Il va en crever, tout le samedi, tout le dimanche. Il en crève, elle revit.

Le lundi matin, elle dépose le comédien devant un théâtre, file directement chercher son amour retrouvé pas très loin de la porte Maillot. Ils rentrent chez elle, les draps sont encore imbibés de l'odeur d'un autre. Il s'en fout, il veut juste sentir qu'elle est à lui et à personne d'autre, il a eu tellement peur de la perdre pendant ces deux jours, il est prêt à tout pardonner. Ils font l'amour, une dernière fois.

Juste après avoir joui, elle lui dit que cette fois c'est terminé. Elle le quitte, saisissant au vol cette porte de sortie inespérée.

Cela dure un mois. Une histoire sans amour, mais pleine de plaisir, de tendresse, de complicité. Mais sans amour. Un mois pendant lequel elle continue à avoir des nouvelles du seul homme qu'elle aime vraiment, et dont elle essaie de se détacher. Il part à Tokyo, quinze jours, en déplacement professionnel. Un temps il est question qu'elle l'accompagne. Elle arrive à résister. Elle reste avec son comédien. Là-bas, c'est lui qui se venge. Il la trompe, un soir, avec une collègue de boulot. C'est la première chose qu'il lui raconte quand il rentre. Juste pour lui faire mal. Elle a mal.

Un mois de déchirement, pour rien. Elle pardonne l'infidélité d'une nuit dans un lointain territoire. Il pardonne l'histoire du comédien. Ils s'aiment.

Tout peut recommencer comme avant. Cela va bientôt faire un an qu'ils ont échangé leur premier baiser.

Nous sommes au début du mois de février.

44.

Elle est chez sa meilleure amie. Elle sort des toilettes, un bâtonnet de plastique blanc à la main. Elle ne sait pas si elle doit rire ou pleurer. Elle prend son portable.

Elle envoie :
« Il y a des histoires dont on est loin d'imaginer la fin quand elles commencent.
Je suis enceinte. »

Nous sommes le 27 avril.

45.

Il est 9 heures du matin. Il tape à la porte. Elle ouvre. Il l'embrasse timidement, comme s'ils étaient déjà presque étrangers. Ils savent qu'à partir d'aujourd'hui rien ne sera plus jamais comme avant.

Elle le regarde, sourit, essaie de faire comme si de rien n'était. Elle lui a tellement ouvert cette porte, à moitié nue, à moitié réveillée, un sourire gourmand aux lèvres…

Elle finit de s'habiller, se maquille, met du rose sur ses lèvres. Il ne la lâche pas des yeux. Elle attend un mot, un seul, un signe, rien.

Elle monte dans sa voiture, il glisse sa main gauche sous sa cuisse droite, il y a des habitudes que l'on ne change pas, elle passe au labo d'analyses chercher ses résultats, et la carte de son groupe sanguin. Elle sait qu'en cas d'hémorragie ça peut être utile.

Elle a faim.

Elle veut surtout fumer. Les nausées ne la lâchent pas, du matin au soir, comme si avant de partir il voulait lui rappeler qu'il est là, dans son ventre, du matin au soir. Elle veut fumer, même si elle a mal au cœur, même si elle a les mains qui tremblent, même si elle a envie de chialer, de hurler, elle veut un café juste pour pouvoir fumer sans vomir. Lui veut tout ce qu'elle veut, tout ce qui peut lui faire plaisir, tout ce qui peut l'empêcher de pleurer. Sauf le garder. Mais un café, ça, il peut.

Ils parlent de tout et de rien, des derniers potins, des dernières histoires des filles, il la mange des yeux, comme s'il l'aimait toujours comme au premier jour. Mais s'il l'aimait toujours comme au premier jour, ils ne seraient pas là.

Il est près de midi. Ils remontent dans la voiture, il prend le plan, cherche la rue Nicolo, la guide. Elle trouve ça tellement glauque, lui qui la guide vers cette clinique où elle ne veut pas aller, pour avorter de cet enfant qu'il ne veut pas garder. Première à droite, se trompe, ils reviennent sur leurs pas, elle sent le point de non-retour approcher, doucement, sent les larmes qui commencent à monter, se mord les lèvres jusqu'au sang pour ne pas chialer.

Ils se garent, entrent dans le hall de la clinique.

« Bonjour, elle vient pour une IVG médicamenteuse. » Une fois, deux fois, ils ne trouvent pas le code de facturation, sa carte Vitale est dépassée, la secrétaire hurle. « Gigi, c'est quoi déjà le code de facturation pour l'IVG médicamenteuse ? Ben non, ça marche pas... » Elle n'écoute plus, ne veut pas entendre, a envie de vomir encore, de pleurer toujours. Elle est écœurée, par cette putain de réceptionniste qui ne connaît pas ses codes, par lui qui n'ose plus la regarder, par le monde qui lui a expliqué que la raison voulait qu'elle ne le garde pas cet enfant, par elle qui a cédé.

Il faut voir Mme M. Deuxième étage. Maternité.

Elle pleure. Il ne la regarde toujours pas. Il n'a qu'une peur : qu'elle fasse demi-tour, qu'elle garde cet enfant dont il ne veut pas, cet enfant qui viendrait broyer sa vie de famille bien installée.

Les portes de l'ascenseur s'ouvrent.
Au choix : à droite, salle des naissances, à gauche, nursery. Elle se demande si c'est volontaire ou inconscient. Elle pleure toujours.
La sage-femme arrive, lui tend un verre d'eau. Lui demande de la suivre dans un bureau. Une table, deux chaises, pas de fenêtre. Rien. Il s'assoit à côté d'elle. Ne la touche pas, n'essaie même pas de la calmer. Elle ne peut plus s'arrêter de pleurer. Elle va en crever. Elle se demande ce qu'elle fout là. L'infirmière lui tend le formulaire qui atteste qu'elle est consentante. Elle signe. Un coup de tampon avec la date. Le 6 mai, ce papier prouve qu'elle a voulu avorter. Lui n'a rien à signer. Pourtant, c'est lui qui a décidé de le dégager ce bébé, pas tellement elle, mais bon, c'est comme ça, juste une signature et un coup de tampon.

Elle pleure toujours. Il ne la regarde toujours pas.

Elle s'assoit. La sage-femme lui explique la marche à suivre. Elle va avaler ces trois cachets. Ça va décoller le fœtus de l'utérus. Dans quarante-huit heures, il faudra revenir pour prendre trois autres cachets, pour expulser le fœtus. Elle conclut en lui disant de ne pas pleurer, allez, elle va les avaler ces cachets et on n'en parle plus, hein ?

Elle les avale. Il la regarde les avaler. Elle ne pourra plus jamais le regarder vraiment.

Ils rentrent chez elle. Il ne la lâche pas, reste collé à elle, comme s'il voulait qu'elle lui donne l'absolution. Qu'il crève. Elle a juste envie de lui, il a évidemment envie d'elle. Comme si c'était la seule chose qui leur restait, ce désir qui les bouffe, qui les dévore, cette envie qu'il la prenne, qu'il s'enfonce en elle, qu'elle ne sente rien d'autre, qu'elle ne pense à rien d'autre qu'à ce sexe qui la bloque, qui l'inonde.

C'est un jour glauque, l'insoutenable envie de faire l'amour est toujours là.

Ils vont faire l'amour avec l'énergie du désespoir. Elle veut le faire jouir une dernière fois parce que c'est tout ce qu'il lui reste. Ils ne peuvent plus parler, plus se comprendre, plus se pardonner, il ne leur reste que cette attirance inexplicable qui ne s'éteindra jamais. Quoi qu'il arrive, quoi qu'il se passe, au-delà du compréhensible et de l'audible.

Il lui dit qu'elle est folle, qu'ils sont fous, qu'ils ne sont pas normaux, qu'ils n'ont pas le droit d'avoir envie de faire l'amour aujourd'hui. Elle lui répond qu'elle s'en fout de ce qui est normal ou pas, qu'il la fait chier avec ses murs de convenances qui les bouffent. Elle a l'envie du désespoir. Elle a envie de le haïr.

Elle ne fait rien le soir. Regarde un programme de téléréalité histoire de s'abrutir l'esprit. S'endort épuisée. Elle est si fatiguée depuis qu'elle est enceinte. Mais ça commence déjà à changer. Pour la première fois depuis longtemps, elle n'a pas de nausées. Elle sait qu'il est toujours là, dans son ventre. Mais elle sent qu'il est en train de partir.

Elle ne fait pas grand-chose non plus le lendemain. Elle doit dîner au resto avec les filles, mais dès la fin de l'après-midi elle commence à saigner. Elle sent son sexe couler. Son bébé est en train de partir. Il passe la soirée avec sa femme, elle sent son sexe couler. Ce qu'elle espérait est en train d'arriver : elle commence à le haïr.

Il est en retard. Il devait être là à 9 heures. Il est 9 h 30. Il n'est toujours pas là. Il ne répond pas sur son portable. Elle le hait un peu plus.

Cette fois, il l'attend au feu, en bas. Elle monte dans la voiture. Il ne l'embrasse pas. C'est fini. Le mur est là. Il ne partira jamais.

Ils font le trajet en silence. Il lui demande si elle va bien. Elle ne répond pas. Pour dire quoi. Il n'y a tellement rien à dire. Elle a l'impression d'avoir dit ça tellement souvent. Et pourtant, cette fois, il n'y a tellement plus rien à dire.

Il se gare, elle pousse la porte de la clinique en souriant. Cette fois, elle connaît le chemin, les formalités administratives sont déjà remplies. Elle n'a plus qu'à aller au deuxième étage, à avaler ses trois cachets et à attendre. Le fœtus est décollé. Il ne reste plus qu'à l'expulser. La gynécologue l'a prévenue que cela pouvait être douloureux. Elle en plaisante avec l'infirmière, elle se blinde. Elle s'est promis de ne pas pleurer. Elle n'est pas sûre d'y arriver.

Elle s'installe dans cette chambre où elle va passer quatre heures à attendre. Elle écoute l'infirmière lui expliquer que si elle veut uriner, elle doit le faire dans une bassine en plastique pour qu'elle puisse contrôler, au cas où le fœtus serait expulsé en même temps. Elle fait mine d'écouter, elle n'écoute plus rien, elle ne veut plus rien écouter. Elle tend la main. L'infirmière lui donne quatre cachets. « Les deux premiers, vous les avalez, les deux autres, vous les enfoncez dans le vagin. »

Elle les casse en deux pour les faire entrer plus facilement. Pense que sa plus belle histoire d'amour est en train de se terminer un dimanche de printemps dans une chambre d'hôpital.

Les premières douleurs. Sournoises, lentes, qui montent, qui envahissent son ventre, son corps, sa tête. Des contractions. Lancinantes, violentes. Pendant près de deux heures, elle va rester pliée, au début assise comme on lui a dit, puis couchée parce que la douleur est trop forte, et qu'elle ne supporte plus rien.

Elle attend depuis deux heures, il la prend dans ses bras, il l'embrasse, il se terre dans son cou, lui qui a voulu ça, qui lui a demandé de le faire.

Elle appelle l'infirmière, lui demande des calmants, quelque chose, n'importe quoi pour ne plus avoir mal. Elle lui répond qu'elle ne peut pas faire grand-chose. « Vous croyez quoi, mademoiselle, que ça allait passer comme ça ? Eh ben non, c'est que c'est pas rien quand même, hein ? Vous êtes en train d'avorter, alors forcément ça fait mal… »

Elle reste avec ses contractions qui la broient. Sa gynéco l'appelle, lui demande de se lever, de marcher, d'aller monter et descendre l'escalier de l'hôpital pour faire descendre ce foutu fœtus qui s'accroche. Elle se lève, se plie en deux, est traversée d'une contraction plus violente que les autres, fonce aux toilettes, n'a pas le temps de saisir la bassine en plastique, sent son corps s'ouvrir, quelque chose tomber, regarde au fond des chiottes, au milieu du sang il y a un amas gluant.
Elle n'aurait jamais cru qu'il serait déjà si grand. Elle se met à hurler. Il est de l'autre côté du mur. Il se prend la tête entre les mains. Il ne verse pas une larme. Elle n'est plus enceinte. Il a gagné.

Nous sommes le 8 mai.

46.

Il la déposera chez elle quelques heures plus tard.
Elle lui demandera de rester un peu, juste le temps
qu'elle se sente mieux.
Il ne restera pas.
Ils ne se sont jamais revus.

Remerciements

Merci à mon fils d'être le plus grand bonheur de ma vie.

Merci à ma mère d'être ce que je suis.

Merci à Sophie d'y avoir cru.

Et merci à lui pour m'avoir appris que rien n'est plus beau que d'aimer, follement, intensément, passionnément.

Composition et mise en pages
Nord Compo à Villeneuve-d'Ascq

Imprimé en Espagne par
Liberdúplex
à Sant Llorenç d'Hortons (Barcelone)
en mai 2021

POCKET – 92, avenue de France – 75013 Paris

S30812/03